Ralf Romahn

Kremserfahrt in den Tod

Authentische Kriminalfälle

Das Neue Berlin

Aus Gründen des Persönlichkeitsschutzes wurden alle Namen von Tätern und Opfern sowie Tatorte verfremdet. Namensgleichheiten sind dem Zufall zuzuschreiben.

Bildnachweis:
Archiv Ralf Romahn S. 32, 95, 127, 171, 187, 188, 190, 193, 194, 196, 197, 202, 203, 204; Archiv edition ist S. 106, 173, 180; Robert Allertz S. 13, 86, 113; Ulrich Burchert 137, 157

ISBN 978-3-360-01317-0

Umschlaggestaltung: Buchgut, Berlin,
unter Verwendung eines Motivs von Fotolia/eugenesergeev
Printed in EU

Die Bücher des Verlags Das Neue Berlin
erscheinen in der Eulenspiegel Verlagsgruppe.

www.eulenspiegel.com

Inhalt

Totentanz

»Ej, du bist doch so'n Westarsch!«

Die Ansage ist eindeutig, und auch der Ton lässt keinen Raum für Interpretationen. Eine offene Kriegserklärung. Der Satz flattert auf einer Alkoholfahne, getränkt in Aggressivität, welche in nüchternem Zustand gewiss ein wenig unterdrückt worden wäre. So aber bricht die Gereiztheit unüberhörbar und ungeschützt hervor. Gleichsam als eruptive Sammelanklage, in die alles hineinzufließen scheint, was in der Vergangenheit vom Schreihals als ungerecht empfunden wurde.

»Du glaubst wohl, weil du von drüben kommst, kannste dir alles erlauben, wa?!«

Jochen sieht ins Gesicht des wütenden jungen Mannes, der vor ihm auf der Treppe steht. Er kann es kaum erkennen. Das Licht der Straßenlaterne fällt von hinten und von oben, die Schatten verdunkeln es, zudem ist er selbst auch nicht ganz nüchtern. Der Alkohol lässt die Konturen etwas verschwimmen. Sein Gehirn allerdings arbeitet noch einigermaßen präzise. Es sagt ihm, dass Gefahr im Verzug ist.

»Was willst du Zonendödel von mir?«

Er stößt mit der flachen Hand den Kerl vor die Brust, ganz leicht, gewiss, aber hinreichend, um diesem zu signalisieren, dass sein Gegenüber nicht gewillt ist, die Beleidigung widerspruchslos hinzunehmen. Westarsch, pff. Natürlich kommt der von drüben.

Durch die Stadt zieht sich eine Mauer, die sie in Westberlin und in Ostberlin teilt. Daran ist doch nicht er schuld. Und sie macht ihn auch nicht zu einem anderen Menschen, nur weil er im Westteil lebt. Okay, im Unterschied zu den meisten anderen hier auf der Treppe kann er hinüber und herüber fahren, wann immer er will. Er muss zwar jedes Mal 25 D-Mark Eintritt zahlen, doch für die 25 Ostmärker kriegt er mehr als bei sich zu Hause für 25 Westmark. Für 20 Pfennig kann man mit der Straßenbahn, mit U- oder S-Bahn in Ostberlin so weit fahren, wie man möchte. Das Bier ist billig, das Schnitzel auch.

»Eh, nicht anfassen, du Großkotz!«

Der Mann vor ihm schlägt den Arm, der gegen seine Brust drückt, energisch beiseite. »Nimm die Pfoten weg, du Arschloch aus Charlottenburg.«

Was will der überhaupt von ihm? Außerdem wohnt er in Neukölln. Jochen verspürt leichten Schmerz im getroffenen Unterarm und lässt ihn fallen. Weshalb attackiert ihn dieser Idiot? Er hat ihn im Discogewimmel nicht gesehen, vorhin. Weder auf der Tanzfläche noch am Tresen. Er hat auch niemanden angerempelt oder auf den Fuß getreten, keinem das Glas unachtsam umgekippt oder die Freundin ausgespannt. Das hat er nicht nötig. Er kam in Begleitung. Mit Manuela ist er seit einem Vierteljahr zusammen.

»Leck mich und lass mich vorbei«, sagt er nach einem Moment des Innehaltens. Erneut berührt Jochens Hand den Provokateur, diesmal an dessen Oberarm, als wolle er ihn beiseite schieben.

»Fass mich nicht an, du Pfeife«, brüllt nun der Kerl, worauf einige Jungs, die die Treppe des Pressecafés hinuntereilen, ihre Schritte stoppen. Sie bleiben stehen, schauen auf die Kontrahenten.

»Gibt's was?«, erkundigt sich einer interessiert.

»Nee, lass mal«, sagt der, der auf der Stufe vor Jochen steht. So sehen sie beide aus, als wären sie gleich groß. Stünden sie nebeneinander, wäre der Unterschied in der Körpergröße deutlich sichtbar. Zudem ist Jochen alles andere als ein Preisboxer. Die Schultern sind schmal, der Körper schmächtig, Muckibuden kennt er nur von außen. Wäre er nüchtern, wüsste er das Kräfteverhältnis besser einzuschätzen und ginge seiner Wege.

Manuela an seiner Seite hat den ganzen Abend über weniger als er getrunken und darum den realistischen Überblick. »Komm!«, fordert sie und versucht, ihren Freund zum Gehen zu bewegen. Aber der steht auf der Stufe wie ein Fels. Naja, relativ.

Jochen wankt ein wenig, die Füße jedoch sind mit dem Waschbeton fest verwachsen.

»Komm!«

Die junge Frau wiederholt ihren Appell. Ein wenig lauter und ein wenig schrill, weil sich inzwischen Angst eingestellt hat. Sie kennt diese Rüpeleien nach dem Schwoof, seit sie tanzen geht. Es sind die üblichen Rempeleien der Platzhirsche mit den Rivalen von außen, die ihnen vermeintlich »ihre« Bräute ausspannen. Manuelas Eltern sind zugezogen und wuchsen auf dem Land auf. Von denen weiß sie, dass es fast bei jedem Dorfbums eine Prügelei gab. Oft zogen die Jungs aus dem Nachbarort mit blutenden Nasen heim, wenn die Einheimischen ihr Revier gegen die Eindringlinge erfolgreich mit den Fäusten verteidigt hatten.

Ihre dritte Aufforderung verhallt ohne Wirkung bei Jochen. Hilflos steht sie hinter ihm und beobachtet, dass immer mehr junge Männer stehenbleiben und sich hinter dem Provokateur versammeln. Die Szenerie wirkt bedrohlich.

Manuelas Blick geht hinüber zum Interhotel Stadt Berlin, das wuchtig in den nächtlichen Himmel ragt. Auf der Kreuzung davor fährt kein Auto, es ist kurz nach Mitternacht. Da schnarchen die meisten Berliner bereits in ihren Betten. Selbst wenn Wochenende ist, wie augenblicklich. Nur ein paar Taxis, offizielle wie private, die sogenannten Schwarztaxis, fahren die Karl-Liebknecht-Straße hinauf und hinunter. Weit und breit ist keine Uniform zu sehen. Immer wenn man die Polizei braucht, ist sie nicht da … Scheiße, wie kommen sie aus dieser Nummer, denkt sie, was unschwer in ihrem Gesicht abzulesen ist.

»Ihr Arschlöcher aus dem Westen glaubt wohl, dass ihr mit euren bunten Scheinen unsere Weiber einfach so abschleppen könnt? Wie? Was?«

Der Kerl brüllt Jochen an, Speichel fliegt von den Lippen. Der Blick geht Beifall heischend in die Runde. Er glaubt, Gleichgesinnte um sich zu haben. Das trifft auf die Mehrheit zu, nur wenige ziehen weiter, als sie merken, was hier lautstark verhandelt wird.

»Mit Westgeld sie schmieren und dann bumsen, das könnt ihr!« In der Ansage schwingt ein Anflug von Triumph mit, weil der Absender wähnt, eine Wahrheit, die vermeintlich unterdrückt und von niemandem angesprochen wird, endlich einmal tapfer öffentlich gesagt zu haben.

Manuela möchte lautstark protestieren. Sie fühlt sich nicht bestochen und gefügig gemacht. Es ist Liebe. Als ihr Jochen zum ersten Mal begegnete, wusste sie zunächst nicht, dass er von drüben kam. Erst später, als er sich von ihr verabschiedete, weil er wieder rüber musste, wurde es ihr bewusst. Bis vor Kurzem noch war 24 Uhr Zapfenstreich, spätestens dann hatten die Westberliner die Grenze passiert zu haben. Sie konnten zwar drüben auf dem Absatz kehrtmachen und erneut »einreisen«, um wieder in das warme Bett der Liebsten zu schlüpfen. Doch inzwischen zeigte sich die Obrigkeit einsichtig und bewilligte den durchgängigen Aufenthalt von Freitag 22 Uhr bis Sonntag 24 Uhr. Das waren zwei Tage, vor allem zwei Nächte ohne grenztechnische Pause. Lindenbergs Wunsch in »Mädchen aus Ostberlin« von seiner Platte »Alles klar auf der Andrea Doria«, die Jochen einmal als Musikkassette durch die Grenze geschmuggelt hatte, war also für sie in Erfüllung gegangen: »Ich hoffe, dass die Jungs / das nun bald in Ordnung bringen / denn wir wollen doch einfach nur zusammen sein«. Nun können Jochen und Manuela etwas enger und etwas länger zusammen sein: das ganze Wochenende.

Aber Manuela schweigt. Was soll sie hier sagen? Jedes Wort würde wie ein Flammenwerfer wirken. Mit Benzin lässt sich kein Feuer löschen. Soll sie sagen, dass sie nicht für ein paar lumpige Westjeans die Beine breitmacht? Dass sie dem Freund aus Westberlin nicht für Bohnenkaffee einen bläst? Diese Sprache würde der Idiot verstehen, es ist die seine, aber er würde nicht begreifen, was sie damit sagen will. Also beißt sich Manuela auf die Lippe und schweigt.

Jochen jedoch strafft sich. Er ist zur Salzsäule erstarrt, sagt nichts. Seine Rechte fährt in die Hosentasche und kommt langsam wieder hervor, ohne dass dies von den Umstehenden bemerkt wird. Auch

Die Treppe zum Pressecafé, auf der im Sommer 1988 ein Mensch durch einen Messerstich starb

Manuela sieht nicht, wie die Klinge aus dem Springmesser schießt, als Jochen auf den Knopf am Heft drückt. Erst als er zusticht, nehmen es alle wahr.

»Er hat ein Messer«, schreit einer, und schon spritzt die Gruppe auseinander.

So blitzartig, wie er das Messer in den Bauch seines Gegenübers gestoßen hat, zieht es Jochen auch wieder aus dem Körper und fuchtelt wild damit herum. Der Arm mit der Klinge kreist und fährt nach vorn, trifft da und dort auf Widerstand. Den einen erwischt es am Oberschenkel, aus dem Schnitt in der Hose schießt unmittelbar danach Blut heraus. Ein junger Mann, den das Messer am Arm verletzt, schreit auf und greift mit der Hand nach der Wunde. Der erste jedoch, auf den Jochen eingestochen hat, sagt kein Wort mehr. Er ist auf die Knie gesunken und kippt dann vornüber. Das alles geschieht in Bruchteilen von Sekunden.

Die Gruppe löst sich blitzartig auf, die Männer und ihre Begleiterinnen rennen die Treppe hinunter und versuchen, sich in Sicherheit zu bringen. Panik hat sich ihrer bemächtigt, nur weg hier. Nicht einer fällt dem Mann mit dem Messer in den Arm. Niemand ist auf der Treppe, der dem schmächtigen Kerl die Klinge aus der Hand schlägt. Rette sich, wer kann, ist die Parole. Die Schreie verhallen ohne Echo auf dem weiten, leeren Areal zwischen dem Verlagshochhaus und dem Interhotel. Stumm blinken die roten Lichter des Fernsehturms.

Jochen greift nach Manuelas Hand und zieht sie hinter sich her. Im Laufen klappt er die Klinge ein und lässt das Messer in der Hosentasche verschwinden. Sie eilen die Stufen hinab und quer über die Kreuzung, die Unterführung ignorierend. Atemlos hetzt Jochen dem Taxistand am Interhotel entgegen, ohne dass sich ihm jemand in den Weg stellt oder folgt.

Die beiden haben Glück. Tatsächlich steht dort ein Wolga mit dem Bügel überm Dach. Offenkundig wartet der Fahrer auf Kundschaft aus der 37. Etage. Das Panorama-Restaurant ist stark frequentiert und Wochen im Voraus ausgebucht.

Die beiden werfen sich in den Fond, der Fahrer dreht sich gelangweilt um und sagt demonstrativ: »'n Abend. Wo soll's hinjehen?«

Wahrscheinlich hatte ihn die Lektüre der achtseitigen *BZ* am Abend derart gefesselt, dass er den Auflauf auf der Treppe, keine zweihundert Meter von hier, wahrgenommen hat. Oder doch? Wenn die Disco schließt, drängen sich dort immer die Massen. Lässig wirft er die Abendzeitung auf den Beifahrersitz, dann dreht er den Schlüssel im Zündschloss.

»Bahnhof Lichtenberg«, ruft Manuela kurzatmig nach vorn.

Der Fahrer schaut grinsend in den Rückspiegel.

»Warum nehmt ihr nicht die Bahn? Könnt wohl nicht warten, wa?« Er mustert den jungen Mann und sieht sofort, dass der Klamotten trägt, die nicht aus der Jumo stammen. Seine Mimik offenbart, was er denkt.

»Ick nehme nur Westjeld.«

»Klar.« Jochen greift in seine Hemdtasche. »Reicht ein Zehner?«

»Jerade mal so.« Der Fahrer nimmt die Rechte vom Lenkrad und bewegt sie über die Schulter nach hinten. Jochen drückt ihm den Schein in die Hand, die sofort zurückgezogen wird. Das alles ist nicht erlaubt, doch was heißt das schon? In der Hauptstadt ist die D-Mark die heimliche Währung, und da es sie offiziell nicht zu kaufen gibt, besorgt man sie sich eben auch auf solche Weise. Das heißt: Umrubeln kann man seine »Alu-Chips« schon, man muss nur wissen, in welcher Kneipe es bunte Scheine gibt. Die einen tragen ihre Westkohle dorthin, um sie zu vervielfachen, indem sie sie in Ostscheine umtauschen, andere tragen ihre Rente in die illegale Wechselstube, damit sie in Westberlin was zum Ausgeben haben, und die dritten suchen die Hinterzimmer in den einschlägigen Lokalen auf, weil sie das Schicksal gestraft hat, keine Verwandten im Westen zu besitzen und trotzdem mal Westseife im Intershop kaufen wollen. Anschließend tragen sie die D-Mark zur Staatsbank und erhalten dafür Forumschecks für den Intershop. Das vor allem ist der Grund, weshalb die Staatsmacht bei diesen unerlaubten Geldgeschäften ihrer Bürger durch die Finger schaut. Sie braucht Devisen, deshalb ist es ihr egal, auf welchen Wegen die Banknoten ihren Weg in die Geldinstitute finden.

Solche Überlegungen sind dem Taxifahrer fremd. Umgerechnet fuffzig Ostpiepen nebenbei für eine Fahrt nach Lichtenberg ist ein ordentliches Geschäft. Bei der Schichtabrechnung wird er den Betrag für eine Fahrt nach Lichtenberg aus seinem Portemonnaie in Ostmark in die Kasse legen. Schließlich muss alles korrekt zugehen.

Der Wolga schnurrt die nächtliche Karl-Marx-Allee hinunter, die Straßenlaternen an der Magistrale werfen ein mattes Licht auf den Asphalt.

Kurz nach Mitternacht klingelt in der VP-Inspektion in Mitte das Telefon. Die Dienststelle befindet sich in der Keibelstraße; in dem riesigen Gebäudekomplex hat auch das Präsidium der Berliner Volkspolizei seinen Sitz. Das Gebäude war Ende der 20er Jahre vom Kaufhauskonzern Karstadt errichtet worden und galt seinerzeit als das größte Bürogebäude Berlins. Aus eben diesem Grunde war es, da völlig überdimensioniert, 1934 von Karstadt ans Reichsfinanzministerium verkauft und vom Statistischen Reichsamt bezogen worden. Trotz Zerstörungen nahmen noch 1945 erste Polizeidienststellen dort Quartier, 1949 auch das Polizeipräsidium. Am 13. August 1961 koordinierte in einem Büro in der 2. Etage Erich Honecker, damals ZK-Sekretär für Sicherheitsfragen, die Grenzsicherungsmaßnahmen, die heute kurz als »Mauerbau« bezeichnet werden. Tatsächlich begann der eigentliche Mauerbau erst im September 1961.

Der Operative Diensthabende, im Polizistenjargon ODH, nimmt den Anruf eines Kellners des Pressecafés entgegen, der über die 110 hereingekommen ist. Das Pressecafé ist nur wenige hundert Meter entfernt von der Dienststelle, die im Haus befindlichen Schutzpolizisten und Kriminalisten, die umgehend alarmiert werden, können wenig später zu Fuß zum Tatort eilen. Die meisten Kollegen, die zum Einsatz in die Karl-Liebknecht-Straße gerufen werden, sind allerdings mit Streifenwagen in der Stadt unterwegs und werden per Funk informiert und herbeigerufen.

Der Mann am anderen Ende des Telefons schildert aufgeregt, dass es nach der Disco auf der Treppe zu einer Rangelei gekommen sei. Er sei, da es ziemlich laut war, darauf aufmerksam geworden und habe aus dem Fenster geschaut. Was im Einzelnen passiert sei, könne er nicht sagen, nur dass einer der Gäste danach reglos auf den Stufen liegenblieb, während die anderen Gäste davongelaufen sind. Einige Personen bluteten offensichtlich und riefen nach einem Arzt.

»Wurde bereits die SMH informiert?«

»Was ist das?«, kommt die Gegenfrage.

»Die Schnelle Medizinische Hilfe, also der Notarzt.«

»Natürlich, ich habe als Erstes die 115 gerufen.« Der Kellner macht eine Pause. »Oh, das ging aber schnell. Gerade fährt der Barkas vor.«

»Gut. Dann wäre schon mal das geklärt. Ich schicke sofort jemanden vorbei.«

»Jemanden« heißt in diesem Falle zwölf Schutzpolizisten, die nach und nach am Tatort eintreffen und ihn absperren. Vier Genossen vom Kriminaldienst werden ebenfalls in Marsch gesetzt, die die Erstbefragung von Zeugen vornehmen, Spuren sichern und Täterbeschreibungen notieren sollen. Sie wurden vom Diensthabenden Kriminalisten Hartmut Babick benachrichtigt.

Dieser erteilt seine Anweisungen und Befehle zügig, es herrscht die in der Dienststelle übliche Routine. Die Polizei registriert im Jahresdurchschnitt in der Hauptstadt zehn bis zwölf Tötungsdelikte, davon etliche im Stadtbezirk Mitte. Gewaltdelikte sind nichts Ungewöhnliches mehr, sie lösen keine Verstörung oder gar Verwirrung aus, wobei noch nicht klar ist, ob es vor dem Pressecafé überhaupt einen Toten gab. Dennoch bringt Babick als Diensthabender Kriminalist alles auf den Weg, was man in einem solchen Falle mobilisieren muss. Der erste Angriff ist entscheidend. Lieber anfänglich mit zu großem als mit einem zu kleinen Besteck hantieren, lautet darum die Devise.

Die eintreffenden Polizisten sperren weiträumig den Tatort ab und sammeln die jungen Leute ein, die am Fuße der Treppe stehen oder noch oben in der Disco warten. Es ist eine zugige Ecke, die Nachtkühle kriecht in die dünne Sommerkleidung. Über ihren Häuptern schwebt der Flachbau, der wie an die Stirnseite des Verlagshauses geklebt wirkt. Zwei Außenseiten des Restaurants, das vielleicht mal als exklusive Betriebskantine für die hier tätigen Journalisten gedacht war, schmückt ein bunter Fries aus Industrieemaille. Dafür jedoch haben die Polizisten im Moment kein Auge. Sie müssen Namen und Adressen der Anwesenden notieren und diese nach ihren Beobachtungen fragen.

Nur einige der unfreiwillig Festgehaltenen murren, als sie nach ihren Papieren gefragt werden. Sie kommen aus dem Westteil der Stadt, wo man einen anderen Umgang mit der Staatsmacht pflegt.

»Bürger, nun zicken Sie mal nicht rum. Wir ermitteln hier in einem Tötungsdelikt.«

»Wer ist tot?«

Der Polizist dreht seinen Kopf in Richtung Treppe, auf der gerade zwei Männer der SMH eine leblose Person auf eine Trage bugsieren.

»Damit habe ich nichts zu tun.«

Der nassforsche Westberliner zieht an seiner Zigarette und stößt den Qualm in die kühle Nachtluft. Im Profil zeigt er seine Frisur, der Polizist mit dem Schnäuzer grinst nach innen. Vokuhila heißt der Schnitt wohl, vorn kurz, hinten lang. Was für eine beknackte Mode.

»Habe ich ja auch nicht behauptet. Wir nehmen von allen Zeugen lediglich die Personalien auf. Halten Sie bitte die Papiere bereit.«

»Wieso Zeuge? Ich habe nichts gesehen. Als ich rauskam, liefen die Leute bereits die Treppe hinunter. Dass da einer lag, habe ich nicht weiter beachtet. Ich dachte, der sei betrunken und auf die Fresse gefallen.«

Der Polizist überträgt Name und Adresse aus dem Reisepass in sein Notizbuch und reicht das Dokument zurück.

»Bitte.«

»Was wollen Sie mit meiner Adresse? Der Arm der DDR reicht nicht bis nach Kreuzberg.«

Der Polizist lächelt. »Da täuschen Sie sich mal nicht. – Der Nächste bitte.«

Der Nächste ist eine die. Die junge Frau hat bereits ihren blauen Personalausweis aus der Handtasche gekramt. »Carola Menke.«

»Haben Sie etwas gesehen, etwas Auffälliges bemerkt, können Sie Angaben zu den beteiligten Personen machen?«

Sie nickt.

»Was?«

»Ich habe alles beobachtet. Von unten, vom Fuß der Treppe. Ich habe dort auf meinen Freund gewartet, der war noch auf Toilette.«

»Na, dann erzählen Sie mal.«

»Ich glaube, der eine hat angefangen.«

»Einer fängt immer an«, sagt der Polizist. »Können Sie ein wenig konkreter werden?«

Sie schüttelt den Kopf. Der asymmetrisch gebundene Pferdeschwanz mit dem grünen Neonbändchen wippt hin und her. »Ich habe lediglich gesehen, dass der Kerl da« – sie weist auf die Trage, die soeben in den Barkas geschoben wird – »sich dem Pärchen in den Weg gestellt hat.«

»Beschreiben Sie mal das Pärchen«, fordert der Uniformträger sie auf. Er hält den Kugelschreiber in der Hand, schaut die Frau an und wartet.

»Naja, er war eher klein und schmächtig. War wohl von drüben.«

»Woran wollen Sie das erkannt haben?«

»An den Klamotten ... An der Frisur. So mit Strähnchen im Haar. Wie der von Modern Talking.«

»Das wollen Sie von hier unten gesehen haben?« Er fragt nicht, wer Modern Talking ist. Westsender zu hören und zu sehen ist ihm als Staatsdiener untersagt. Zwar hält er sich nicht daran, doch wer Modern Talking ist, weiß er nicht. Aber diese Blöße gibt er sich nicht.

Sie nickt. »Doch, ich bin mir ziemlich sicher, dass der aus Westberlin war. Wie die meisten Männer hier.« Ihre Rechte beschreibt einen Halbkreis.

»Und die Frau?« Der Polizist braucht eine Beschreibung der Personen und nicht ihrer Modevorlieben. Klamotten lassen sich wechseln, die Frisur auch, nicht aber die Figur. Er weiß selbst, dass die

Tanz- und Schwulenlokale in Berlins Mitte stark von Westberlinern frequentiert werden. Die Ursachen sind so bekannt wie der Ärger, der daraus mitunter für die Polizei erwächst. Hier scheint es sich ebenso verhalten zu haben. Er insistiert: »Wie sah seine Begleiterin aus?«

Die junge Frau bläst die Backen auf. »Rosafarbener Jogginganzug, glaube ich.«

»Glauben oder wissen? Ich meine, so eine bunte Kleidung fällt doch auf, das merkt man sich doch?«

»Ja, er war definitiv rosa«, meldet sich eine Stimme von hinten.

»Kommen Sie doch mal her.« Der Polizist schickt einen Blick ins Halbdunkel, aus der sich eine Frau Anfang zwanzig schält. Mit dem Stirnband sieht sie aus wie Jane Fonda beim Aerobic. Oder Popgymnastik, wie es in der DDR heißt. »Sie haben die Frau auch gesehen?«

Sie nickt. »Ja. Sie heißt Manuela und wohnt in Lichtenberg.«

Der Uniformierte stutzt. »Woher wissen Sie das?«

»Sie und ihr Freund saßen mit an unserem Tisch.«

»Haben Sie sich mit ihnen unterhalten?«

»Wir haben zwischen den Runden etwas gequatscht, ja. Die meiste Zeit waren die beiden aber mit sich selbst beschäftigt. Schwer geknutscht und so.«

»Können Sie bestätigen, was hier von der Zeugin gesagt wurde? Dass der Mann aus Westberlin kam?«

»Denke schon. Er benahm sich jedenfalls so.«

»Wie benahm er sich denn?«

»Als könne er den ganzen Laden kaufen, wenn er wollte. Mit ihrer Westkohle halten die sich für Kings und können vor Kraft kaum laufen, als hätten sie Eier wie Kokosnüsse.«

Nicht wenige der Umstehenden knurren. Offenkundig teilen sie nicht die Einschätzung der jungen Frau. Einer ruft aus der anonymen Dunkelheit: »Ej, nun sei mal schön still. Warum kommt ihr Zonenpussys überhaupt hierher? Ihr wollt doch nur von einem von uns abgeschleppt werden. Nicht, weil wir besonders geile Hirsche sind, sondern weil wir richtiges Geld in der Tasche haben. So sieht es doch aus!«

Der Polizist hebt beschwichtigend die Hände und wendet sich erneut der Zeugin zu. »Manuela aus Lichtenberg. Und sonst? Wissen Sie mehr? Was hat sie am Tisch erzählt?«

»Sie sagte, dass sie noch in der Ausbildung stecke. Näherin oder so etwas, und zwar im Modeinstitut in der Brunnenstraße.«

Nachdem der Polizist die Personendaten notiert hat, wendet er sich dem nächsten Zeugen zu.

Die Millionenstadt schläft. Die Sommernacht ist lau, die meisten Schlafzimmerfenster stehen offen und lassen frische Luft in die Behausungen. Der Verkehr, überirdisch und unterirdisch, auf Schienen oder Asphalt ruht für kurze Zeit. Viele Berliner sind draußen, vor den Toren der Stadt, auf ihren Wochenendgrundstücken. Die nächtlichen Sommerwochenenden in Berlin sind toter als tot.

Allerdings nicht für jedermann. In Krankenhäusern und bei der Kriminalpolizei herrscht in der Regel Hochbetrieb. Verkehrsunfälle, Geburten, Schlägereien, Einbrüche, Rüpeleien, Herzinfarkte, Kreislaufzusammenbrüche, und die Feuerwehr muss Katzen retten ... Zumindest für diesen Teil des Zusammenlebens gilt der Satz, den Sinatra einst auf New York sang: »a city that never sleeps«.

In meinem Unterbewusstsein brummt eine Hummel. Ich habe doch gar nicht von meinem Garten geträumt? Sie brummt unaufhörlich. Der Ton sorgt dafür, dass ich langsam Morpheus Armen entgleite und hinüberwechsle in einen Dämmerzustand. Kein Schlaf mehr, aber auch noch nicht wach. Die Hummel brummt noch immer. Jetzt vernehmlicher. Zwischendurch hat sie Aussetzer. Eigentlich müsste sie doch abstürzen? Wieso fliegt sie weiter? Ehe ich mir die Frage beantworten kann, bin ich wach. Verdammt, denke ich, und nehme das Kissen vom Telefon auf dem Nachttisch.

»Romahn«, knarze ich in den Hörer.

»Na endlich«, kommt es vom anderen Ende. »Babick, K-Dienst.«

Ich reibe mir den Schlaf aus den Augen. »Was gibt es?«

»Entschuldige. Ich weiß, dass du bis Mitternacht Dienst hattest und ich zu unchristlicher Zeit anrufe …« Hartmuts Heiterkeit klingt leicht gequält.

»Wie spät ist es denn?«

»Halb vier«, sagt er. »Du weißt, ich würde nicht anrufen, wenn es nicht wichtig wäre.«

Ich nicke, weil ich in meinem Zustand vergessen habe, dass er mich ja nicht sehen kann. Er nimmt mein Schweigen als Tadel. »Chef, es ist wirklich wichtig.«

Langsam werde ich wach und komme zu mir. Babick hat Nachtdienst und war vom Operativen Diensthabenden informiert worden. Sonst führt er eine der vier Kriminalstellen, die mir als Leiter der K von Mitte unterstehen. Ich schätze den umsichtigen Oberleutnant. Wenn der seinen Vorgesetzten aus der Hundewache anruft, wird er seine Gründe haben.

Babick wartet schweigend, bis ich meine grauen Zellen sortiert habe.

»Erzähl, was gibt es? Ist der Papst zum Kommunismus übergetreten oder hat jemand aus Versehen die Grenze geöffnet?« Ich schicke ein müdes Lachen hinterher.

»Schlimmer.«

»Hä, was, wie?«

Hartmut Babick legt einigen Ernst in seine Stimme, als er informiert, dass es am Pressecafé vermutlich ein Tötungsdelikt und einige Verletzte gegeben habe. Und dann repetiert er, was er inzwischen alles veranlasst hat. Ich höre es mir an, unterbreche ihn nicht, was nicht nur meiner Müdigkeit geschuldet ist. Als Diensthabender hat er völlig richtig gehandelt, die von ihm angeordneten Sofortmaßnahmen sind ausnahmslos korrekt, ich hätte nicht anders entschieden.

»Hast du auch den Versorgungsdienst informiert?«, erkundige ich mich. »Wenn die Genossen die ganze Nacht im Einsatz sind, Zeugen befragen und den Tatort untersuchen, bekommen sie auch Hunger. Organisiere mal ein paar Schrippen und Kaffee. Natürlich auch für die Zeugen, die ihr bestimmt mit aufs Revier genommen habt.«

Jetzt bin ich wacher, als mir lieb ist. Doch das wird von einem guten Leiter erwartet. Er muss immer auf den Punkt präsent sein. Das verlangen nicht nur die Untergebenen, sondern auch die Vorgesetzten. Man hat zu jeder Tages- und Nachtzeit zu funktionieren. Wie in einem großen Uhrwerk dreht sich jedes Rädchen. Bleibt eines stehen, stoppt das Ganze. Ausfälle sind darum nicht statthaft, sie werden mit Stillstand bestraft.

»Hartmut, du hast alles richtig entschieden«, sage ich, weil es zum Einmaleins des Leiters gehört, mehr mit Lob denn mit Tadel zu arbeiten. Überzogene und dauerhafte Kritik wird von den Untergebenen nicht nur als permanentes Genöle wahrgenommen, sie verfehlt auch auf Dauer ihre Wirkung. Sie geht in ein Ohr hinein, und aus dem anderen verlässt sie ungehört den Kopf. Es ist ein Grundrauschen, mehr nicht. Gleichwohl demotiviert es. Wenn fortgesetzt an der Arbeit herumgemäkelt wird, fragt sich der fortgesetzt Kritisierte mit Recht: Was soll ich mich anstrengen, wenn ich ohnehin angeschissen werde? Da mache ich eben Dienst nach Vorschrift und keinen Handschlag mehr. Also lobe ich lieber einmal mehr als nötig und spiele auf dem wohltemperierten Klavier. Bei Babick jedoch muss ich mich nicht mit Kalkül krumm machen: Hartmut ist ein guter Mann. Im Westen würde man sagen: Er hat bisher einen ordentlichen Job gemacht.

»Okay, ich nehme noch eine Mütze Schlaf«, höre ich mich sagen. »Gegen 7 Uhr bin ich in der Dienststelle.« Ich lege auf und drehe mich auf die Seite. Das Bett neben mir ist leer, die Frau ist mit den Kindern auf der Datsche.

Am Sonntagmorgen herrscht in der Dienststelle in der Keibelstraße dicke Luft. Der Leiter der K ist bereits im Präsidium. Babick wird auch ihn wie mich informiert haben, nun hat sich der Oberst hierher bemüht. Die wenigen Minuten, die er vor mir eintraf, meinen ihm Grund zu geben, mich maßregeln zu müssen. Dass sei kein lächerliches Vergehen, was da am Pressecafé passiert sei, sondern eine Gewalttat, fährt er mich an. Und das mitten in der Hauptstadt. Da könne man, nein, da muss man erwarten, dass der zuständige K-Leiter sofort vor Ort ist und nicht erst gemächlich nach dem Sonntagsfrühstück in der Dienststelle eintrudelt. »Nicht wahr, Genosse Major?«

Ich höre der Standpauke zu und halte den Mund verschlossen. Ihn zu öffnen wäre so sinnvoll, als würde man beim Autorennen einen Luftballon aufblasen in der Annahme, dass die ausströmende Luft das Fahrzeug noch schneller machte. Schweigend lasse ich Kolbes heiße Luft an meinen Ohren vorüberziehen und reagiere nicht. Er hat mal wieder einen Grund gefunden, um seiner tief wurzelnden Aversion mir gegenüber nachzugeben. Das ist nicht nur die Frustration darüber, im Stab des PdVP, des Präsidiums der Volkspolizei, gelandet zu sein. Dorthin war er mehr oder minder zwangsweise kommandiert worden, einige ungeplante Kaderveränderungen hatten seinen Aufstieg gleichsam erzwungen. Nun war er an einen Schreibtisch gefesselt und nicht mehr in die operative Arbeit eingebunden. Statt als Kriminalist Täter zu ermitteln und Verbrechen aufzuklären, wälzt er Papiere und verfertigt selber welche, sitzt sich auf sinnlosen Zusammenkünften den Hintern breit und hockt gelangweilt in Präsidien. Nach einem halben Jahr in diesem Amt weiß Kolbe, was ihm genommen worden ist. Da er sich das aber nicht eingestehen will – und das ist bei den meisten Aufsteigern so: Sie reden sich ihr Schicksal schön und meinen, in der neuen Funktion ihre Erfüllung zu finden –, hängt er den scharfen Chef heraus.

Zum Zweiten mag er mich deshalb nicht, weil er von meiner besonderen Beziehung zu Generalleutnant Helmut Nedwig weiß. Vor Jahren war ich als Hauptwachtmeister einmal zur Fischerinsel 10 gerufen worden, weil dort Briefkästen gebrannt hatten. Unter den aufgeregten Mietern, die sich zu morgendlicher Stunde im Eingangsbereich versammelt hatten, befand sich auch ein älterer Mann, den ich mit der selbstbewusst-flapsigen Bemerkung verscheuchte: »Opa, geh wieder ins Bett, hier passiert nichts mehr, ich mach das schon!« Am Ende meines Offiziersstudiums in Aschersleben 1985 erhielt ich mein Abschlusszeugnis. Aus den Händen jenes »Opas«, der jetzt Generalsuniform trug. Aber, und das sprach für seine Souveränität, er schmunzelte nur und grüßte – vom Opa.

Als ich vor wenigen Tagen, am 1. Juli 1988, zum Oberstleutnant der K befördert worden war, meinte Kolbe, dass Generalleutnant Helmut Nedwig – seit sechzehn Jahren Leiter der Hauptabteilung Kriminalpolizei im Ministerium – seine Finger mit im Spiel gehabt haben müsse; er glaubt, zwischen ihm und mir eine gewisse Beziehung ausgemacht zu haben. Diese Beförderung am Tag der Volkspolizei machte mich, den 34-Jährigen, zum jüngsten Kriminalisten in der DDR mit diesem Rang. Alle anderen Oberstleutnante waren erheblich älter als ich, was bei Kolbe den Verdacht der Protektion nährte. Das war und ist absoluter Unsinn. Doch mach das mal einem klar, der so verschroben denkt wie dieser Oberst.

Kolbes Worte perlen an mir ab wie Regentropfen von einer Pelerine. Dann sagt er: »Weitermachen!« und geht.

Wir schauen uns an. Ich unterdrücke den Wunsch, meine Hand an die Stirn zu führen, denn eine solche demonstrative Missbilligung käme nicht gut an. Man macht Vorgesetzte gegenüber Untergebenen nicht lächerlich, das untergräbt deren Autorität, wie es auch jeglichen Respekt untergrübe, auch jenen, den ich selber von den Kollegen erwarte. Wogegen soeben Kolbe merklich verstoßen hatte. Er war sich nicht bewusst, dass sich der Bumerang gegen ihn selber kehrte, weil er mich vor allen zusammengestaucht hatte. Er war schon ein rechter Einfaltspinsel. So schlucke ich meinen Unmut hinunter, der so bitter schmeckt wie der Kaffee am Küchentisch zu Hause. Die Milch war ausgegangen, weshalb ich ihn schwarz trinken musste.

»So, Männer, was haben wir?«, frage ich in die Runde und nicke in Hartmut Babicks Richtung. Der ein wenig übermüdet wirkende Oberleutnant klappt seinen Block auf und berichtet. Im Besprechungszimmer hat sich vielleicht ein Dutzend Kriminalisten versammelt. Mit dabei ist auch Manfred Pohl. Manne würde die Ermittlungen der Morduntersuchungskommission leiten, so hatte ich mir das auf dem Weg in die Keibelstraße ausgedacht. Ich

Offiziersschüler Ralf Romahn (rechts außen) in Aschersleben, 1980

werde es vorziehen, die örtlichen Kräfte vom Büro aus zu leiten.

Babick referiert pointiert. Im ersten Zugriff habe man eine ziemlich präzise Beschreibung des Tathergangs und des Täters erhalten. Es handele sich laut Zeugenaussagen mit großer Wahrscheinlichkeit um einen Westberliner. Er und seine Begleitung seien nach der Tat hinüber zum Alex gelaufen. U- und S-Bahn seien zur Tatzeit noch gefahren, doch eine Zeugin wolle gesehen haben, dass das Paar zum Taxistand vorm Interhotel gelaufen ist.

»Also anrufen beim VEB Taxi und nachfragen, wer heute Nacht auf dem Bock gesessen hat.«

Babick winkt ab. »Ist schon längst geschehen. Wir haben den Fahrer.«

»Na, dann nichts wie hin.« Ich befürchte, mich mit diesem Hinweis lächerlich zu machen, gebe ihn aber dennoch.

»Der horcht nach der Nachtschicht gewiss an der Matratze«, wirft einer der Kollegen ein.

Hat Babick vor vier Stunden auf mein Schlafbedürfnis Rücksicht genommen? Ich schweige höflich.

»Der Mann ist bereits auf dem Weg hierher«, sagt Babick seelenruhig. »Die Taxizentrale hat ihn über Funk verständigt, er wird sich gegen 8 Uhr hier melden.«

Anerkennend pfeife ich durch meine Zahnlücke.

Pohl meldet sich zu Wort. Er wolle dabei sein, wenn der Mann befragt wird. Er müsse dabei sein, antworte ich, er soll schließlich den Mord aufklären.

»Handelt es sich überhaupt um ein Tötungsdelikt?«, fragt Pohl.

»Leider ja«, antwortet Babick. »Der Stich mit dem Messer ging direkt ins Herz. Als der Notarzt eintraf, war der Mann bereits tot. Also schwere Körperverletzung mit Todesfolge. Im Affekt.«

»Sicher?«

»Absolut sicher. Der Mann hat den Täter provoziert, wie mehrere Zeugen übereinstimmend aussagten. Der Streit ging ganz klar von ihm aus. Und der Täter hat dann sein Messer gezogen und zugestochen.«

»Was ist mit den Verletzten?«

»Die standen wohl eher zufällig daneben und wollten dem Opfer beistehen.«

»Die Eltern …?«

»Sind noch nicht informiert. Wir dachten, dass du das übernimmst. Hier ist die Adresse.«

Babick schiebt einen Zettel über den Tisch. Mir bleibt keine andere Wahl, als ihn an mich zu nehmen. Aha, Friedrichshain, die Straße kenne ich. In solchen Momenten hasse ich meine Arbeit. Unbekannten mitzuteilen, dass ein naher Verwandter nicht mehr ist, trägt nicht unbedingt zum eigenen Wohlbefinden bei. Natürlich sind das wildfremde Menschen, die ich so wenig kenne wie die Person, deren Tod ich melden muss. Trotzdem muss man die Form wahren und so etwas wie Mitgefühl zeigen. Bei gänzlich Unbekannten fällt das schwer. Überzieht man und legt sein Gesicht in Falten wie die berufsmäßigen Trauerredner, macht man sich unglaubwürdig.

Ich habe schon etlichen Beisetzungen beigewohnt, bei der anstelle eines Pfarrers ein Mann am Grabe oder in der Trauerhalle den »teuren Toten« würdigte. Meist waren das salbungsvolle Reden aus der Retorte, bestehend aus Bausteinen, die mit persönlichen Daten des oder der Hingegangenen verfugt wurden. Bisweilen bereitete einzig das Wissen Genugtuung, dass der Verblichene diese Verabschiedung nicht mehr erleben musste. Manchen in der

Trauergemeinde veranlasste diese Stunde allerdings, nunmehr seinen eigenen erwartbaren Heimgang zu choreografieren und als Letzten Willen zu hinterlassen. Die Trauerredner sägen also fortgesetzt an dem Ast, auf dem sie hocken. Aber das muss sie nicht stören: Gestorben wird immer. Und der Atheisten sind viele.

Ich werde also an der Tür fremder Menschen klingeln und sie am Sonntagvormittag mit einer solchen Nachricht erschrecken. Vielleicht sitzen sie noch beim Frühstück. Und ich sage: »Guten Morgen, ich bin Major Romahn, Ihr Sohn ist tot. Herzliches Beileid. Sie hören von uns wieder, wenn die Leiche zur Bestattung freigegeben wird. Einen schönen Tag noch.«

Nein, so werde ich es natürlich nicht sagen, derart herzlos bin ich nicht. Aber wenn ich die Botschaft, die ich zu überbringen habe, ihrer gefühligen Umhüllung entkleide, bleibt das als Kern übrig.

Reiner Strutzniak ist ein Mann um die fünfzig und ein gebürtiger Berliner. Seit er die Fahrerlaubnis besitzt, ist er Chauffeur beim VEB Taxi, der gehört zum Kombinat Berliner Verkehrsbetriebe. Der volkseigene Betrieb bewegt an die siebenhundert Fahrzeuge, weitere knapp zweihundert rollen zwar im Namen des Volkes, aber auf eigene Rechnung. Dazu kommen – nach vorsichtigen Schätzungen – noch einmal vierhundert »Schwarz-Taxis«.

Strutzniak ist das egal. Er wirft im Verlauf des Gesprächs seine Schiebermütze aus Kunstleder auf den Tisch. Vorn weist sie eine besonders dunkle Stelle auf, die vermutlich daher rührt, dass er die Mütze häufig in den Nacken schiebt. Ehe er sie abnimmt. Was für ihn ungewöhnlich ist.

Die Befragung dauert etwas länger, auch wenn er eingangs darauf hinwies, dass er eine Nachtschicht hinter sich und das Recht auf seiner Seite habe, danach schlafen zu dürfen. Schließlich müsse er heute Abend wieder fahren. Zwar zu den üblichen Konditionen, die nicht überragend seien, doch immerhin nähre der Beruf seinen Mann. Die Bemerkung flocht er gleich ins Entree, weil er sich nicht sicher war, ob die Einladung in die Keibelstraße etwas mit der nicht gemeldeten Deviseneinnahme zu tun haben könnte. Doch das interessiert die Kriminalisten nicht, sie wissen es auch nicht. Anstandshalber fragt Manne Pohl, was er mit den »Konditionen« gemeint habe, worauf Strutzniak zu jammern beginnt. 16 Prozent Leerfahrt sei ihnen gestattet, höchstens fünf bis zehn Kilometer ohne Kunden, weshalb er und seinesgleichen ungern an die Peripherie führen. »Finden Sie mal in Marzahn um Mitternacht einen Kunden, der mit Ihnen zurück zum Bahnhof Friedrichstraße fährt, Herr Kommissar.«

»Oberleutnant, Herr Strutzniak, Oberleutnant.« Pohl lächelt, auch er hat verstanden, was den Taxifahrer bedrückt, wie er eben auch Verständnis für die Betriebsvorschriften hat. Öl ist rar, Benzin ist rarer. Er weiß selbst ein Lied zu singen, wenn er die Dienstfahrten abrechnet und sich anhören muss, ob er nicht mal den Wartburg stehenlassen und mit der Bahn fahren könne.

»Herr Strutzniak«, hebe ich an, nachdem alle Daten zur Person aufgenommen sind, »Sie sind heute Nacht gefahren?«

Der füllige Fünfziger nickt.

»Um Mitternacht haben Sie vorm Interhotel Stadt Berlin gestanden?«

Die Antwort ist erneutes Kopfnicken.

»Sie haben dort nach Mitternacht ein junges Paar aufgenommen?«

»Das stimmt.«

»Wie sahen die beiden aus? Können Sie sie beschreiben?«

Strutzniak hebt die Achseln und bläst die Backen auf. Er weiß nicht, wohin der Hase läuft. Für einen lächerlichen Zehner so ein Aufwand? Gut, es war nicht sein erster … »Er war so ein schmächtiges Bürschchen, etwa Mitte zwanzig, würde ich meinen. Sie war etwas jünger und trug einen rosafarbenen Jogginganzug.«

»Ist Ihnen etwas an den beiden aufgefallen? Hatten sie Blut auf der Kleidung, wirkten sie verwirrt, waren sie betrunken?«

»Herr Kommissar, äh, Genosse Oberleutnant, in der Dunkelheit hätte ich nicht mal die Warze auf der Nase gesehen – wenn er denn dort eine gehabt hätte.«

»Hatte er denn?«

»Sagte ich doch schon: Viel habe ich nicht gesehen … Nein, sie waren weder betrunken noch irgendwie aufgeregt. Auffällige Kleidung trugen sie auch nicht. Bisschen kurzatmig waren sie vielleicht, die kamen ja vom Pressecafé angerannt.«

»Das haben Sie gesehen?«

»Naja, nicht direkt. Aber sie waren keine Hotel- oder Restaurantgäste. Und als ich losfuhr, habe ich die Menschentraube am Berliner Verlag gesehen. Da wusste ich, dass die Disco vorbei war und die beiden nur von dort gekommen sein konnten.«

»Wohin haben Sie sie gefahren?«

»Nach Lichtenberg in die Weitlingstraße. Unweit vom Bahnhof habe ich gehalten.«

»Wissen Sie noch die Nummer?«

»War an der Ecke Wönnichstraße. Sie wollten dort aussteigen, ist eine Einbahnstraße. Ich habe dann umgedreht und bin vor zum Bahnhof gefahren.«

»Sie haben nicht zufällig gesehen, in welches Haus sie gingen?«

»Nee, aber das muss ganz vorn gestanden haben, so weit werden sie nicht gelaufen sein.«

»Haben sich die beiden während der Fahrt unterhalten? Haben Sie mit ihnen ein paar Worte gewechselt?«

»Zweimal nein. Ich habe, wie das so meine Art ist, nach dem Woher und Wohin gefragt, ob's ein schöner Abend war und so was. Aber die waren ziemlich schmallippig. Also habe ich es sein lassen. Die haben auch nicht miteinander geredet, saßen nur stumm nebeneinander her. Was normalerweise nicht der Fall ist. Wenn man welche von der Disco nach Hause fährt, fangen die doch schon im Taxi mit dem Vorspiel an …«

Strutzniak verdreht die Augen, die in Jahrzehnten schon eine Menge im Rückspiegel gesehen haben. Die Fantasie der Kriminalisten reicht aus, um sich vorzustellen, was. Sie brauchen keine Wortmalerei.

»Sie würden also sagen, dass die beiden sich etwas ungewöhnlich benahmen.«

»Kann man so sagen, ja. Die saßen nur da und schwiegen. Sie schaute links, er rechts aus dem Fenster. Und als sie ausstiegen und in die Wönnichstraße gingen, liefen sie auch nur nebeneinander. Ohne Händchenhalten und so. Sie verstehen?«

»Wir verstehen.«

Manne Pohl hat inzwischen eine Berlin-Karte aufgeklappt. »Zeigen Sie uns mal bitte genau die Stelle, wo Sie die beiden heute Morgen abgesetzt haben.«

Pohls Finger stippt auf den Bahnhof Lichtenberg. »Hier beginnt die Weitlingstraße und unweit davon die Wönnichstraße. Die läuft dann parallel zur Weitlingstraße und endet wie diese in der Lückstraße.

Haben Sie an dieser Stelle die beiden abgesetzt?« Pohls Finger landet auf dem Stadtplan.

Strutzniak schüttelt den Kopf. »Nee, nicht hier, oben an der Einbecker. Hier«, er fährt mit dem Finger die Weitlingstraße entlang, und kurioserweise heißt eine Seitenstraße ebenso, die dann in einen Seitenarm der Wönnichsenstraße übergeht. »Alles mehr oder minder nur fußläufig zu erreichen. Ist eine schöne grüne Gegend. Verkehrsberuhigt.«

Der Taxifahrer lehnt sich auf seinem Stuhl zurück. Er ist stolz und zufrieden mit sich. Erstens weil er meint, geholfen zu haben, zweitens weil das Westgeld kein Thema war. »Kann ich jetzt gehen?«

Pohl nickt.

»Ja«, sage auch ich. »Sie haben uns wirklich sehr geholfen. Kollege Babick bringt Sie zum Ausgang. Hartmut, du musst dann nicht mehr hochkommen. Mach Feierabend, fahr nach Hause. Vielleicht nimmt dich Herr Strutzniak mit.«

»Liegt nicht auf meiner Route«, ruft der, ehe Babick seine Adresse ansagen kann.

Er hat verstanden.

Ich stelle die Truppe zusammen, die gemeinsam mit der MUK nach Lichtenberg fahren soll. Klinkenputzen ist angesagt. Vielleicht finden wir das Pärchen in der angegebenen Straße. Ich glaube nicht, dass die beiden so clever waren und sich nur deshalb dort hatten absetzen lassen, um den Fahrer zu täuschen. indem sie anschließend zum Bahnhof liefen und in die S- oder U-Bahn stiegen. Derart überlegt handelten sie nicht. Ich bin davon überzeugt, dass sich erstens »Manuelas« Wohnung im dortigen Kiez befindet und zweitens die beiden noch immer dort aufhalten.

»Ihr braucht nur in jedem Hauseingang zu fragen, ob eine Manuela hier wohnt, die als Näherin im Modeinstitut arbeitet.«

Dann brechen die Kollegen auf. Ich halte im Büro die Stellung und mache mich an den Bericht. Auf den ist Oberst Kolbe scharf, wie er mich hat wissen lassen.

Diese ewige Suche nach dem Haar in der Suppe raubt mir zunehmend die Nerven. Er hat die Sache »ganz hoch« angebunden, für ihn ist der Fall ein politischer. Gewiss kamen bei Messerstechereien immer mal wieder Menschen zu Schaden. Aber zumeist handelte es sich um Beziehungstaten. Hier scheinen die Dinge anders zu liegen. Opfer und Täter kannten sich vermutlich nicht einmal. Trotzdem: Zum Politikum wurde die Sache durch die Tatsache, dass der Täter vermutlich aus Westberlin kam und das Opfer aus dem Osten. »Mensch, Romahn, machen Sie sich doch das mal bewusst: Da kommt ein Westberliner in die DDR-Hauptstadt und ersticht einen Bürger der Deutschen Demokratischen Republik. Mitten im Zentrum, zwischen Alex und Berliner Verlag.«

Ich hatte Kolbe diesen Verschwörungsunsinn ausreden wollen. Das sei ein klassischer Revierkampf gewesen, solche Auseinandersetzungen gibt es immer und überall, wo testosterongesteuerte junge Männer aufeinandertreffen. Zugegeben: Nicht immer bleiben Tote auf dem Schlachtfeld zurück, aber wenn die Platzhirsche ihr vermeintliches Revier verteidigen, fließt gelegentlich auch Blut. »Nichts Neues unter der Sonne, Genosse Oberst.«

Kolbe meinte jedoch, ich würde dieses Gewaltverbrechen bagatellisieren, und rückte nicht von seiner Überzeugung ab, wir hätten es hier mit einem Fall zu tun, der eine politische Dimension besäße. Mein Einwand, dass der Täter gewiss nicht mit dem Vorsatz zur Disco in den Osten gefahren sei, dort jemanden umzubringen – wozu und mit welchem Motiv? Das sei eine Affekthandlung gewesen, bei der eher die Frage auftauche – die in der Tat politischer Natur sei –: Wieso können Westberliner Waffen unbemerkt nach Ostberlin bringen? Denn dass es sich bei der Tatwaffe nicht um ein Kartoffelmesser gehandelt habe, stünde wohl zweifelsfrei fest, selbst wenn wir das Messer noch nicht gefunden haben.

Kolbe hatte mich daraufhin angeschaut, als hätte ich ihm einen unsittlichen Antrag unterbreitet. »Wollen Sie etwa die Taschen von Tagesbesuchern an den Grenzübergangsstellen kontrollieren lassen? Wo kommen wir da hin? Die DDR ist weltoffen und kein Schnüffelstaat.«

Ich kicherte nach innen und sagte, dass ich mir das durchaus vorstellen könne.

Damit stellte ich alle Touristen unter Generalverdacht, sagte der Oberst, worauf ich mir die Frage nicht versagen konnte: Tun wir das ohnehin nicht? Jeder müsse schließlich eine Zählkarte bei Ein- und Ausreise ausfüllen. Für die Statistik, wie wir sagen, wogegen so wenig einzuwenden ist wie gegen das legitime Bedürfnis zu wissen, dass kein Fremder in unserem Lande verloren ginge. Und notfalls erfahren dadurch die Organe, die für die Sicherheit des Staates zuständig sind, ob unter den einreisenden Schafen sich nicht auch ein schwarzes befindet. Das erklärt, unter anderem, weshalb etwa die Bezirksverwaltung der Behörde im fünften Stock unseres Hauses zwei Büros unterhält.

Ende der Diskussion, hatte der K-Leiter im Präsidium der Volkspolizei an dieser Stelle entschieden. Wir haben es mit einem Politikum zu tun, und er verlange, dass wir es auch als ein solches und mit der gebotenen Ernsthaftigkeit behandeln.

Wir nehmen jedes Gewaltverbrechen ernst, sagte ich in das Knallen der Tür. Nun brüte ich darüber, wie man einerseits die Sache mit angemessenem Ernst, aber andererseits nicht als Klassenkampf-Episode behandelt. Das würde uns unangemessener Lächerlichkeit preisgeben, was auch nicht im Interesse meines Chefs sein kann. Wie immer also liegt die Wahrheit in der Mitte, sie ist ein Balanceakt, und die Gefahr, nach der einen oder der anderen Seite abzustürzen, ist vergleichsweise hoch.

Unterdessen sind die Kollegen in Lichtenberg unterwegs, die Abschnittsbevollmächtigten des zuständigen Reviers mobilisiert. Nach etwa einer Stunde ist die Wohnung von Manuela K. gefunden. Sie öffnet, wie mir später Manne Pohl ausführlich berichten wird, und vermittelt den Eindruck, als habe sie unseren Besuch erwartet. Das Erstaunen galt vielleicht eher dem Umstand, dass sie nicht derart früh damit gerechnet hatte, von der Polizei aufgesucht zu werden. Trotzdem verhielt sie sich alles in allem reserviert.

So auch Jochen Z., der sich ebenfalls in der Wohnung aufhielt. Bei Z. handelt es sich um einen 27-jährigen Bürger Westberlins mit gültigen Reisedokumenten, das heißt, ihm ist der Aufenthalt in der DDR-Hauptstadt bis heute 24 Uhr erlaubt. Seinen Lebensunterhalt bestreitet er nach eigenen Angaben als kaufmännischer Angestellter bei einem Discounter. Als Grund für seine Anwesenheit in der Wohnung der 22-jährigen Manuela K. gab er an, dass sie seit einem Vierteljahr zusammen seien und zu heiraten beabsichtigten. Seine Freundin habe das bestätigt.

Der Leiter der MUK hatte die beiden festnehmen und in die Keibelstraße bringen lassen. Zur Überprüfung der Angaben von Jochen Z. nahm er Kontakt zur Bezirksverwaltung des MfS auf. Dort erkundigte er sich, ob sonst etwas gegen den Westberliner vorläge, ob er schon mal auffällig gewesen sei und dergleichen mehr. Er wusste, dass die Jungs von der Sicherheit ihn nicht in ihre Zähl- und Karteikarten würden gucken lassen, wohl aber – sofern Z. bei diesen »einlag« – dass er mit seiner Nachfrage dort für einige Bewegung sorgen würde. Die Morduntersuchungskommission brauchte die Auskünfte der BV ohnehin nicht, denn die Sache, darin waren wir beide, Manne Pohl und ich, uns einig, schien nicht nur klar – sie war es auch.

In der Wohnung hatten die Kriminalisten neben einem Springmesser in der Waschmaschine auch eine Jeans von Jochen Z. gefunden, die dunkle Stellen aufwies, welche unschwer als Blutflecken zu identifizieren waren. Die Ausrede, es handele sich um Rotweinflecken, konnte noch in der Wohnung überzeugend widerlegt werden.

Die beiden warten, getrennt in Verwahrräumen, nunmehr auf ihre erste Vernehmung. Ich werde weder an der einen noch an der anderen teilnehmen. Zum einen weiß ich die Sache bei Manne in guten Händen, zum anderen ist mir dieser Fall trotz seiner Schwere ein wenig zu leicht. Im Grunde geht es nur noch um ein Geständnis, und bei Lage der Dinge ist das nur eine Frage der Zeit. Dann gehen die Unterlagen zur Staatsanwaltschaft, und der Richter kann sein Urteil fällen.

Zellengang in der Untersuchungshaftanstalt

Am Nachmittag erscheint Pohl in meinem Büro. Er reckt den Daumen in die Höhe, und auch sein Gesicht spricht Bände.

»Erzähle«, sage ich, »willst du einen Kaffee? Oder einen Cognac?«

»Beides«, sagt Manne. »Wo doch heute Sonntag ist. Und der Alte ist auch schon vom Hof geritten, nachdem ich ihn informiert habe, dass alles in trocknen Tüchern ist.«

»Du hast dich nicht an den Dienstweg gehalten«, tadele ich ihn. Er hätte erst mich informieren müssen und ich dann Oberst Kolbe als unmittelbaren Vorgesetzten. Aber Eitelkeit ist meine Sache nicht. Ich beteilige mich nicht an dem in strukturierten Unternehmen üblichen Kompetenzgerangel. Jeder will beim Chef punkten, um dessen Gunst zu gewinnen und langfristig in der Hierarchie aufzusteigen. Ich bin Mitte dreißig und bereits Oberstleutnant, das sind die meisten nicht mal mit fünfzig. Ich muss mich nicht mehr abstrampeln. Es kommt, wie es kommt.

Es habe keine drei Stunden gedauert, berichtet Manne Pohl und hält den Cognacschwenker gegen das Licht, welches durch das geöffnete Fenster fällt. Es bricht sich in der braunen Flüssigkeit, es funkelt, und im Glas sammelt sich das Aroma, das Pohl genüsslich und vernehmbar mit der Nase einzieht. Ach, sagt er, die in Wilthen wüssten schon einen ordentlichen Tropfen zu brennen.

Dann kippt er den Weinbrand in einem Zug.

»Es war so einfach wie erwartet. Der Bursche fühlte sich angemacht und bedroht und handelte, wie er sagte, aus Notwehr. Ob es eine war, muss das Gericht entscheiden.«

»Und sie?«

»Sie bestätigte unabhängig von ihm seine Aussagen. Sie seien nach der Disco die Treppe hinuntergegangen und wollten rasch nach Hause. Da habe sich ihnen der Mann in den Weg gestellt und sie beide beschimpft: Sie als Flittchen, das auf Westgeld stehe, und ihn als ihren Macker, der sie damit kaufe. So einfach war das.«

»So einfach. Wenn jeder, der mal angepflaumt wird, gleich zusticht: Wo käme da die Menschheit hin?«

Pohl grinst. Ob ich nicht wisse, wie irrational junge Männer in der Balz mitunter reagierten? Der habe gegenüber seiner Freundin den starken Max und Beschützer herausstellen wollen, typisches Machogehabe. »Klassische Selbstüberschätzung.«

»Und das Mädchen?«

»Die hatte einfach Pech. Falscher Ort, falscher Zeitpunkt, falscher Kerl. Was soll man da machen? Wir haben sie wieder nach Hause geschickt.«

Manne Pohl hebt sein leeres Glas. »Haste noch einen? Du weißt doch, auf einem Bein kann man schlecht stehen.«

Jochen Z. wird schon in den nächsten Tagen nach Rummelsburg verlegt. Die Untersuchungshaftanstalt in der Keibelstraße entspricht nicht mehr den Anforderungen. Die UHA II war in den Anfangsjahren der DDR in den Innenhof eingebaut worden, sechs Geschosse hoch, mit 214 Zellen unterschiedlicher Größe. Die sechste Etage ist für weibliche Untersuchungshäftlinge vorgesehen, auf dem Flachdach darüber, von einer hohen Mauer umgeben, verbringen die Insassen die Freistunden.

Die Häftlinge nennen das Gefängnis »Alcatraz«, was nicht ganz abwegig ist: Beim Bauen nahm der Architekt eine Anleihe bei US-Haftanstalten. Damals, 1951, galt es als das modernste Gefängnis in der DDR, inzwischen ist es mehr als veraltet und marode. Die Zellen sind zu klein oder zu groß, nur schwer zu beheizen und obendrein zugig. Die größten Zellen messen fünf mal zehn Meter und sind mit zwölf Mann belegt, was eine Zumutung darstellt. Deshalb ist man bestrebt, den Aufenthalt hier so kurz wie möglich zu halten und die Festgenommenen alsbald nach Rummelsburg zu verlegen. Das Gefängnis dort ist zwar noch älteren Datums, es wurde ausgangs des 19. Jahrhunderts als Arbeitslager für das benachbarte Waisenhaus errichtet, doch die viergeschossigen Gebäude aus rotem Backstein bieten bessere Bedingungen.

Jochen Z. sitzt bis zum Prozessbeginn in dem extra für Ausländer eingerichteten Block in Rummelsburg. Dort gibt es stets 60 bis 100 Insassen, jeder hat eine Einzelzelle und die Möglichkeit eines separaten Rundganges. Kein Sanatorium, das ist kein Knast auf der Welt, aber verglichen mit den Bedingungen in der Keibelstraße menschenwürdig.

Da der Fall von Jochen Z. ziemlich klar ist und Rechtsanwalt Wolfgang Vogel die Sache auf dem Tisch hat, kann davon ausgegangen werden, dass nicht nur zügig verhandelt, sondern auch rasch final abgewickelt wird. Vogel ist Unterhändler, der Makler zwischen den Welten und Honeckers Sonderbeauftragter, auch in Justizfragen.

Der Westberliner Jochen Z. wird alsbald wegen schwerer Körperverletzung mit Todesfolge angeklagt und verurteilt. Gemäß § 117 des Strafgesetzbuches der DDR spricht ihm das Gericht fünf Jahre zu, die Wochen in der Untersuchungshaft werden auf die Strafe angerechnet.

Nach sechs Monaten, vielleicht auch weniger, jedenfalls ist das Jahr noch nicht vorüber und Weihnachten steht vor der Tür, fährt in Rummelsburg ein Bus aus Westberlin vor, ein Transporter der dortigen Justizbehörde. Er verkehrt regelmäßig zwischen den Justizvollzugsanstalten in Westberlin und der Haftanstalt in Rummelsburg. Unbemerkt von der Öffentlichkeit pflegen die DDR und Westberlin einen ordentlichen Rechtsverkehr. Bürger der DDR, die in Westberlin lange Finger gemacht haben und dabei von Polizeibeamten oder von Warenhausdetektiven erwischt und arretiert worden sind, kommen auf diese Weise in die Heimat und vor Gericht. Und damit der Bus nicht leer zurückfährt, nehmen darin Westberliner Platz. Im offiziellen Sprachgebrauch der DDR heißt das Abschiebung.

Der verurteilte Jochen Z. wird also Ende 1988 nach Westberlin abgeschoben, nachdem er vielleicht ein knappes Zehntel seiner Haftstrafe in der DDR verbüßt hat.

Was aus ihm und seiner Freundin geworden ist, entzieht sich meiner Kenntnis. Ich habe mich, offen gestanden, auch nicht weiter dafür interessiert.

»Entschuldigung …«

Der Atem geht kurz, die Wut schnürt die Kehle und auch das Hirn zu. Klaus B. läuft vom Parkplatz zum Eingang hinüber, er ist wild entschlossen, die Sache final zu erledigen. Lieber ein Ende mit Schrecken als ein Schrecken ohne Ende. So lässt er sich nicht auf der Nase herumtanzen, seine Gefühle verletzen. So nicht! Das muss er sich nicht bieten lassen, wer ist er denn?

Mit jedem Schritt wächst die Entschlossenheit. Als er sich in Cottbus nach Mitternacht ins Auto setzte, war der Zorn groß, jetzt ist er riesig. Auf der Autobahn wuchs er mit jedem Kilometer. Er hat sich in jeder Zelle seines Hirns ausgebreitet und nistet nun in jedem Muskel, kein Winkel seines Körpers, der nicht mit Hass gefüllt ist. Er hätte nie geglaubt, dass ihm jemals so etwas widerfahren könnte, stets war er Herr seiner Sinne, kontrolliert und beherrscht. Selbst in den Phasen tiefster Demütigung hatte er die Form gewahrt, geschluckt und geschwiegen, nie die Hand gehoben oder gar zugeschlagen. Nie! Irgendwo hatte er mal gelesen: Lerne leiden, ohne zu klagen. In kritischen Momenten erinnerte er sich dieser Aufforderung und fügte sich ihr. Gewiss hatte sie ihren Ursprung in irgendeinem Kirchentext. Das klingt, als habe Luther die Parole in Stein gemeißelt und die protestantischen Preußen sie verinnerlicht. Lerne leiden, ohne zu klagen: Ein Aufruf zu einer Unmutsbekundung ist das nicht gerade.

Klaus B. stoppt seinen raschen Gang, bleibt stehen. Vielleicht sollte er besser umkehren? So tun, als wisse er von allem nichts? Und was man nicht weiß, macht einen nicht heiß. Schwamm drüber oder Schlussstrich, das ist hier die Frage. Er verharrt, tieftraurige Gedanken wandern durch den Kopf. Depressives Dunkel nistet sich ein und nimmt Platz neben der Wut, verdrängt diese nahezu. Vielleicht sollte er richtig Schluss machen? Nicht mit ihr, sondern mit sich. Mit dem Pkw an einen Brückenträger auf der Autobahn. Mit 110 Sachen gegen den Beton, mehr sind mit der alten Möhre nicht drin. Das sollte jedoch reichen. Die Pappe würde splittern, der Motor aus der Verankerung reißen, in den Innenraum gedrückt werden und ihn auf dem Fahrersitz zerquetschen. Kein schöner Anblick für die Feuerwehr, aber denen sind solche Bilder vertraut. Er selbst müsste sich nicht sehen. Er wäre längst hinüber. Ohne Schmerz. Rumms und ex.

Selbstmitleid durchströmt ihn. Nicht wegen der Vorstellung von seinem eigenen physischen Ende, sondern bei dem Gedanken, wie Feunde und Verwandte – die Ziege natürlich ausgenommen – darauf reagierten. Würden sie ihn hinlänglich betrauern, ihn postum bedauern, dass die treulose Tussy ihn in den Tod gejagt hatte? Wie tief wäre das Mitleid, und wie lange hielte es vor? Er wünschte sich, der eigenen Trauerfeier beiwohnen zu können, um zu sehen, wie viele gekommen sind, wer einen Kranz und wer nur ein Schnupftuch dabei hat. Wenn er das wüsste, würde er sein Verhältnis zu jeder einzelnen Person überprüfen. Klar, geht alles nicht, dazwischen stehen Raum und Zeit und sein materialistisches Weltbild. Allein die Idee jedoch bereitet ihm wohliges Vergnügen. Er stellt sich seinen Freund Winni vor, der, obgleich nur wenig älter als er, bereits graues Haar trägt. Das ist nicht nur den durchzechten Nächten zuzuschreiben, sondern auch den vielen Betten, durch die er turnte. Als Bauingenieur gab er dem Wort »Montage« eine weitere Bedeutung. Kaum eine Großbaustelle des Sozialismus, wo er kein Bratkartoffelverhältnis vorzuweisen hatte. Seine Frau Karin wusste davon und machte darum kein Gewese. Sie richtete sich in ihrem Auslauf, den die Abwesenheit von Winni ihr bescherte, großzügig ein, nachdem die Kinder das Haus verlassen hatten. Was würde also Winni sagen, wenn er von seinem Unfalltod hörte? Vermutlich seinen üblichen Spruch: »Shit happens!« Doch ging bei ihm der Schmerz in die Tiefe, ging er so richtig rein? Klaus B. ist von der

Frage, mehr noch von seiner Antwort überrascht: Er weiß es nicht! Er kann nicht mit Bestimmtheit sagen, wie Winni reagieren würde. Das verunsichert ihn.

Oder Gitti. Nett, freundlich, von mäßiger Intelligenz. Wenn sie nervös ist – was häufig das Fall ist, weil sie, trotz selbstbewussten Auftritts, einen Minderwertigkeitskomplex auf ihrem leicht gebeugten Rücken trägt –, hat sie Arme wie Durga, die zehn davon besitzt. Sie schüttelt den Pony, als reichten die Haare bis zum Hintern, und reckt bei Betroffenheit spitz die Nase. Doch würde diese auch tropfen, läge er in der Kiste? Schniefte Gitti ins Tuch, wäre er hinüber? Heulte sie seinetwegen Rotz und Wasser? Klaus B. befallen Zweifel.

Oder Renate, die mit Gitti in einem Zimmer arbeitet. Eine gefühlige Planschkuh, der alles Ah und Oh ist. Chef hier, Chef da, am liebsten würde sie ihm noch ein Kissen auf den weichen Bürostuhl legen, damit es seine Hämorrhoiden schön bequem haben. Das machte sie nicht, weil sie sich davon Vorteile versprach, sie war einfach so. Der traut Klaus B. wahrhaftige Trauer zu, erführe sie von seinem Hinscheiden. Ganz sicher. Die würde vielleicht sogar an seinem Grabe in Ohnmacht fallen, so dass alle glaubten, sie hätten etwas miteinander gehabt. O Gott, bloß das nicht! Allein die Vorstellung schüttelt ihn. Sie ist dick und sie stinkt. Das täte sie, selbst wenn sie sich dreimal am Tag duschte.

Sie leidet mehr darunter als ihre Kollegen, und als eine Neue in die Brigade kam und beim Julklapp Gittis Namen zog, schenkte sie ihr James Baldwins »Eine andere Welt« und ein Deo. Gitti hatte die Anspielung sofort verstanden und war heulend aus dem Raum gerannt. Als Chef musste er sie trösten, und im Ausschlussverfahren hatten sie gemeinsam ermittelt, wer dieses ziemlich perfide Weihnachtspaket geschnürt hatte. Sprach er ihr damals aus Mitleid oder lediglich als staatlicher Leiter Trost zu? Er kann es nicht sagen.

Und seine Kinder? Die sind unter der Haube und noch nicht in dem Alter, dass sie sentimental würden, gäbe ihr Vater den Löffel ab. In 20, 30 Jahren wäre das etwas anders, er beobachtete das an sich selbst, wenn er das Verhältnis zu seinem Alten reflektierte. Langsam glitt er in die Phase hinüber, in der er aufgrund eigener Erfahrungen und frei von Vorbehalten die Lebensleistung des Vaters bewertete. Als Teenager ging der ihm nur auf den Sack, später wurde er uninteressant und nicht mehr so wichtig. Irgendwann aber wurde sein Blick klarer. So weit waren seine Bengel jedoch noch nicht. Die kämen auf den Friedhof, aber vermutlich nicht seinetwegen, sondern wegen der Zicke, die ihre Mutter ist. Nur ihretwegen!

Diese Vorstellung lässt Klaus B. seinen Weg fortsetzen, sie treibt ihn wieder voran. Warum soll er sich totfahren, wenn dies ohne große Folgen bliebe?

Um Wirkung zu erzielen, um den Schmerz zurückzugeben, der ihm zugefügt worden ist, muss er auf andere Weise handeln. Es gibt kein Zurück!

Die düsteren Gedanken sind wie weggeblasen, er spürt wieder den aggressiven Hass in sich, der ihn aufwühlt und mobilisiert. Jetzt oder nie, und genau so, wie er es sich vorgenommen hat, als er das Stilett aus dem Schreibtischschubfach nahm. Er benutzt es als Brieföffner. Woher er den »Gnadenbringer«, wie die Stichwaffe vor Jahrhunderten einst genannt wurde, überhaupt hatte, vermochte er nicht zu sagen. Vielleicht hatte Gitti ihm den Dolch von einem polnischen Flohmarkt mitgebracht, die fuhr ja immer hinüber, als es noch ging. Inzwischen herrscht dort Kriegsrecht, der touristische Verkehr ist so gut wie eingestellt. Ja, nun ist er sich ziemlich sicher, dass Gitti ihm damit eine Freude hatte machen wollen. Wer denn sonst? Er interessiert sich nicht für Waffen und versteht Kollegen nicht, die daheim an der Wand überm Sofa Dolche und Säbel hängen haben. Die Bourgeoisie hängt sich Geweihe von Böcken dorthin, die sie selber geschossen hatten, die Kleinbürger suchen sich solchen Tinnef, von dem sie meinen, dass diesen kein Zweiter besäße. Es ist schon erstaunlich, was manches Spießerhirn an Geschmacklosigkeit gebar.

Klaus B. schließt die Hand fester um den Griff der Waffe. Sie steckt in der Hosentasche, die hat ein Loch. Die Zicke hat es nicht für nötig gehalten, es zu stopfen, obwohl er es ihr wiederholt gesagt hatte. Jedes Mal, wenn er sie daran erinnerte, entschuldigte sie sich mit der stereotypen Wendung, sie habe keine Zeit gehabt. Das war ihm nicht entgangen. Und er wusste genau, wo sie die »fehlende Zeit« verbracht hatte, ihm konnte sie nichts vormachen. Dabei vermochte er nicht einmal zu sagen, worüber er sich mehr erregte: über ihre Ausrede oder über das Loch in der Jeans, durch das das Geld oder der Autoschlüssel fiel, wenn er ihn irrtümlich in die rechte Hosentasche gesteckt hatte.

Jetzt aber erweist sich der Umstand als glücklich. So lässt sich ohne Probleme das Stilett in der Hose tragen. Er spürt den kühlen Stahl auf der Haut. Wieso ist er eigentlich kühl? Üblicherweise nimmt doch jeder Gegenstand die Temperatur seiner Umgebung an. Warum also nicht die Klinge? Ein Kollege im Betrieb hatte ihm mal gesagt, dass etwa Fliesen, über die er mit blanken Füßen lief, auch nicht kälter seien als die Holzdielen in seiner Wohnung, nur die unterschiedliche Wärmeleitfähigkeit mache den Unterschied. Metall leite besser als Ton und der besser als Holz. Ganz einfach. Auch wenn es dafür richtige Formeln gebe, wie der Kollege behauptete, mag er nicht so richtig daran glauben. Das Stilett hat keine 37 Grad wie er selbst, das Stilett ist kalt. Vielleicht kommt es ihm auch nur so vor, weil er schließlich innerlich kocht. Zorn erzeugt Wärme wie etwa die Reibung. Klaus B. ist sich da absolut sicher.

Wie er sich eben auch sicher ist, wo genau der Kerl in diesem Block wohnt. Vorige Woche ist er ihr nämlich gefolgt. Die Zicke hatte mit der Begründung den Wagen genommen, in Berlin im Künstlerbedarf für ihre AG Farben und Pinsel besorgen zu müssen. Seit einigen Jahren malt sie in einer Gruppe des Kulturbundes, die Arbeitsgemeinschaft ist in seinem Betrieb angebunden und bezahlt auch den freischaffenden Künstler, der die AG anleitet. Das sind die nützlichen Auswirkungen des »Bitterfelder Weges«. Jobs wie diese sichern die Existenz vieler Künstler, die Betriebe tragen zur Hebung des allgemeinen Kulturniveaus bei und die Freizeitmaler können ihrem Hobby sachkundig frönen. Klaus B. kann es nachvollziehen, dass seine Frau lieber an der Staffelei sitzt als bei ihm am Stammtisch, aber dass vieles daheim deshalb liegenbleibt, stört ihn erheblich. Da fehlt ihm das Verständnis.

Der Künstler kommt aus Berlin. Er ist einer der vielen namenlosen, die alljährlich die Kunsthochschulen dieses Landes ins Leben entlassen. Nur wenige schaffen es, republikweite oder gar internationale Aufmerksamkeit zu erlangen. Das ist wie mit dem 100-Meter-Lauf: Hunderttausende trainieren auf der ganzen Welt …, aber nur einer läuft Weltrekord. Von staatswegen fühlt man sich für alles im Lande verantwortlich, auch für die ausgebildeten Künstler mit Berufsausweis. Klaus B. hat nichts dagegen, wenn sie alimentiert werden. Ihn stört lediglich, dass sie verheiratete Frauen vögeln. Vor Jahresfrist kam ihm erstmals so ein Verdacht. Seine Frau fuhr wiederholt nach Berlin. Und manchmal blieb sie sogar über Nacht, wenn es bei irgendwelchen Sitzungen später geworden war. Sie schlafe, so sagte sie, bei ehemaligen Studienkollegen, von deren Existenz sie ihm bis dahin nie berichtet hatte. Plötzlich jedoch gab es sie, und sie ließen sie auch sofort auf ihrer Couch schlafen. Der Kulturausschuss der Volkskammer, in welchem seine Frau hospitierte, tagte mitunter bis Mitternacht. Und die Vernissage oder Finissage einer Bekannten zog sich derart in die Länge, dass eine Rückkehr nach Cottbus unmöglich war, denn es fuhr kein Zug mehr.

Ihre gelegentlichen Ausflüge gingen einher mit einer gewissen Überspanntheit, die Klaus B. sehr aufmerksam registrierte. Mal war sie zu müde, mal quälten sie entsetzliche Kopfschmerzen, ein andermal hatte sie ihre Tage, wenn er sich ihr zur Erfüllung seiner ehelichen Pflichten näherte. Okay, er wollte nicht nur dieser Pflicht nachkommen, sondern auch etwas zur Regulierung seines Hormonhaushaltes tun und etwas Spaß haben. Aber die Zicke wollte keinen Spaß und verweigerte sich.

Das provozierte zunächst Verdacht, dann wuchs Misstrauen, schließlich Eifersucht, weil er sich sicher war, dass es einen anderen gab. Er spürte, wie ihm Hörner wuchsen. Klaus B. wollte Gewissheit und stellte sie zur Rede. Erst freundlich, dann schärfer.

Und schließlich mit geschwollenen Zornesadern an Hals und Schläfe. Sie hatte nur abgewunken. Hirngespinste, hatte sie gesagt, er habe eine Meise.

Das ging eine ganze Weile so. In ihm brodelte ein Vulkan. Okay, es war vielleicht nicht korrekt, dass er in Ermangelung von Alternativen einige Male Gitti flachgelegt hatte. Aber wenn ihm seine Frau derart die kühle Schulter wies? Wenn er sich zu ihr ins Ehebett legte, hatte er das Gefühl, neben einem Eisblock zu liegen, dessen Wärmeleitfähigkeit nicht nur extrem gering war. Wenn er sie berührte, lag die Temperatur unter Null. Gefühlt natürlich. Da hatte nicht nur sie ihre Migräne, er bekam sie auch. Wobei er nicht einmal wusste, was das ist: Migräne. Er kannte das nur vom Hörensagen und war nicht davon überzeugt, dass es so etwas überhaupt gab. Wahrscheinlich verhielt es sich dabei wie mit einem amputierten Bein. Der Mensch fühlt Schmerzen dort, wo nichts mehr ist. Das nennt man Phantomschmerz. Wahrscheinlich handelte es sich bei der Migräne der Zicke auch um ein Phantom. Und wahrscheinlich stand es mit den Außentemperaturen in Verbindung. Als es Winter war und kalt, verzog es sich nach irgendwo. Die Zicke ließ ihn mal wieder ran. Klaus B. empfand es als eine Art Gnadenakt und ziemlich demütigend. Er verweigerte sich nicht, besser als gar nicht, sagte er, und rauchte die Friedenspfeife. Doch sobald die Temperaturen stiegen und der Fühling die Säfte steigen ließ, zog es die Zicke wieder häufiger nach Berlin. Im Bett jedoch gefror sie erneut zum Eisblock.

Gitti hielt sich Klaus B. auf Distanz, denn sie versprach sich offenkundig mehr davon. Das jedoch wollte er nun wieder nicht. Gitti erfüllte zwar die Volksweisheit, derzufolge dumm gut ficke, aber fürs Leben war das zu wenig. Im Übrigen bedeutete das Ungemach mit seiner Frau nicht, dass ihn nichts mehr mit ihr verband. Auch wenn er es sich nicht eingestand, liebte er sie. Immer noch. Und jetzt vielleicht sogar noch mehr, da er sich seiner Eifersucht bewusst ist. Er fürchtet, sie zu verlieren. Das verletzt weniger seine Eitelkeit und sein Selbstbewusstsein, sondern zerstört seine Selbstsicherheit, in der er sich eingerichtet hat. Sie gehörte ihm, bis dass der Tod sie voneinander schiede. Nur der Tod und nicht ein anderer Mann hatte das Recht, sie ihm zu nehmen. Das schien der Zicke nicht klar zu sein. Sonst würde sie sich nicht derart anmaßend über diese ewige Regel hinwegsetzen. Klaus B. meint, beide dafür bestrafen zu müssen. Den Künstler, der sich nimmt, was ihm nicht gehört, und die Zicke, weil sie das eheliche Gatter verlassen hat.

Es war Sommer geworden, Sommer 1982, und seine Frau zog es oft in die Hauptstadt. In der vergangenen Woche hatte sie sich seinen Trabant ausgeliehen. Und Klaus B. nahm den Wartburg und war ihr gefolgt. Er hatte den Dienstwagen in einer Seitenstraße geparkt, und als der himmelblaue Trabant an ihm auf der Hauptstraße vorüberfuhr, heftete er sich an dessen Abgasfahne. Er hielt genügend Abstand, ließ sich auch mal zurückfallen und auf der Autobahn überholen. Einmal legte er sogar eine Pinkelpause ein, weil er sich sicher sein konnte, den Wagen noch vor dem Schönefelder Kreuz einzuholen.

Als sie übers Adlergestell rollten, begann sich bereits die Abenddämmerung herabzusenken, es war August und fast schon zwei Monate nach der Sommersonnenwende. Die beiden Fahrzeuge schwammen im Verkehrsstrom, der sie bis in die Stadtmitte spülte. In Friedrichshain ging es vorbei an der Mauer, die unmittelbar an der Straße stand. Dahinter waren noch etliche Meter bis zur Spree, an deren westlichen Ufer die eigentliche Grenze verlief. Sie passierten den Ostbahnhof auf der rechten Seite, dann ging es durch die Holzmarktstraße, und schon erreichten sie den Molkenmarkt, wo der Trabant den linken Blinker setzte. Klaus B. hatte keine Ahnung, wohin die Reise gehen sollte.

Der Mühlendamm stieg an und schwang sich über die Spree, dahinter ging es wieder bergab. Dann überquerten sie die Gertraudenbrücke. Aha, dachte Klaus B., möglicherweise wollte sie in die Leipziger Straße. Zur Linken reihten sich Hochhäuser aneinander, sie standen vor der Grenze und erfüllten zwei Funktionen, eine soziale und eine politische. Die Wohnbauten boten vielen Menschen ein angenehmes und preiswertes Zuhause, was natürlich auch ein Politikum war. Zum anderen verdeckten sie das Hochhaus, das Springer auf der westlichen Seite der Mauer in den 60er Jahren hatte errichten lassen. Die neuen Gebäude auf DDR-Seite überragten das Verlagshaus, sie machten es zum Zwerg. Und das war der eigentliche Sinn, weshalb der Leipziger Straße diese Gestalt gegeben worden war.

Auf halber Strecke bog der Trabant nach rechts ab, in die Jerusalemer Straße. Der Wartburg folgte, ohne zu zögern. Auch als der Wagen vor ihm sogleich nach links in die Kronenstraße fuhr und auf einem Parkplatz hielt. Klaus B. stoppte und stellte sich erst neben den Trabant, als seine Frau im hinteren Hauseingang verschwunden war. Und nun? Er wartete. Wenig später ging hinter einem Fenster in der 8. Etage, wie er durch Zählen der Geschosse darunter ermittelte, das Licht an. Er war sich sicher, dass dort der Künstler wohnte, welcher ihm seit Monaten Hörner aufsetzte.

Klaus B. wartete. Worauf? Er schaute immer wieder zum Fenster hinauf und stellte sich vor, was jetzt dahinter geschah. Vor seinem geistigen Auge sah er die Zicke und diesen Mann, wie er sie aufs Bett warf und ihr die Kleider vom Körper riss. Das kannte er aus Filmen. Ob es im wirklichen Leben auch so zuging, glaubte er nicht. Zumindest war ihm dergleichen noch nie begegnet. Wer riss schon Knöpfe ab, um sie hinterher wieder annähen zu müssen? Doch hier schien ihm dies denkbar. Die schiere Lust tobte sich in der 8. Etage aus. Das war kein Hochhaus, sondern ein Tempel der Lüste, Sodom und Gomorrha, ein Freudenhaus, ein sozialistischer Puff. Ihm wurde schwarz vor Augen. Seine Fantasie brachte jedoch wieder Farbe ins Dunkel, sie malte ihm aus, wie sich stöhnende, schwitzende Leiber um- und ineinander verknoteten, wie sie hetzten und keuchten. Und wie er sich dafür rächen würde.

Irgendwann, das Licht brannte noch immer, hielt es Klaus B. nicht mehr aus. Er drehte den Schlüssel im Zündschloss und verließ den Ort tiefster Schande und Demütigung. Gegen Mitternacht erreichte er den heimatlichen Herd. Er ging zum Kühlschrank und holte sich aus dem Tiefkühlfach eine Flasche Wodka.

Der Inhalt war zum Eisklumpen gefroren, seine Frau hatte die Temperatur zu niedrig eingestellt. Typisch, fluchte er, ohne dass es jemand hörte. Er holte sich ein leeres Mostrichglas aus dem Hängeteil und stellte es auf den Küchentisch. Seine Hände umschlossen den Hals der Flasche, an der sich augenblicklich Eiskristalle gebildet hatten. Ein weißer Überzug bedeckte die volle Granate. Die war so kalt, dass er schon nach wenigen Sekunden die fast tauben Hände an den Mund führte und hineinblies. Er erhob sich, nahm von der Spühle ein Geschirrtuch und wickelte es um den oberen Teil der Flasche, denn solange der Wodka gefroren war, konnte er nicht ins Glas fließen.

Es dauerte geraume Zeit, ehe etwas Wodka in den Mostrichbecher tröpfelte. Ein Geduldsspiel. Nachdem gerade daumenbreit die Flüssigkeit über dem Grund des Glases stand, darinnen schwammen Eiskristalle, kippte Klaus K. die Neige mit einem Hieb. Er wollte den Hochprozentigen erst über die Zunge rollen lassen, doch dazu verspürte er bei dieser geringen Menge wenig Lust. Es sollte im Magen brennen, wie es in seinem Herzen brannte. Lichterloh und schmerzhaft. Doch es war leider nur ein winziger Schlock … Ein Geduldsspiel.

Weiteres Eis schmolz und gab etwas Wässerchen ab. Die laue Sommertemperatur in der Küche tat ein Übriges. Klaus B. schüttete wieder etwas Wodka ins Glas, der Eispfropfen rutschte nach und verstopfte den Ausfluss. Wieder fand er Grund zum Fluchen. Er drehte die Flasche zurück in die Vertikale, das Eis glitt auf den Grund, dann nahm er neuerlich Anlauf. Das wiederholte sich mehrere Male, bis endlich das halbe Glas gefüllt war. Auch diese Füllung leerte Klaus B. in einem Zug. Schon wenig später spürte er im Magen wohlige Wärme, und auch im Oberstübchen kehrte langsam Ruhe ein. Die Gedanken sortierten sich, fragten »Was tun?« und »Wie Weiter?«

Nach dem dritten Glas gab es noch keine Antworten. Die stellten sich aber in erstaunlicher Fülle ein, als er etwa die Hälfte des Flasche intus hatte.

Unter den verschiedenen Optionen, die in seinem Kopf kreisten, erschien eine bald als Favorit: Man müsste dem Künstler eine überzeugende Lehre erteilen, die nachhaltig blieb. Er sollte ihn vom Diesseits ins Jenseits befördern! Mehr Nachdruck ging nicht.

Klaus B. begann, sich Gedanken zu machen, wie sich das Vorhaben in die Tat umsetzen ließe. Dabei erwies sich der Wodka als hilfreicher Geselle. Je mehr er davon trank, desto leichter schien es ihm zu sein, einem Menschen die Lebenskerze auszupusten, ohne dass jemand bemerken würde, wer da geblasen hatte. Nichts einfacher als das! Doch womit sollte er blasen? Eine Puste, also eine Pistole, besaß er nicht und würde wohl auch keine besorgen können. Sollte er ihn würgen oder strangulieren? Schlinge um den Hals und zuziehen? Den Stecher erstechen?

Klaus B. lachte bei dem Gedanken, denn so betrunken war er keineswegs, um sich nicht an seinem Wortspiel zu erfreuen. Den Stecher erstechen. Was für eine amüsante Vorstellung. Womit? Mit einem Küchenmesser? Er erhob sich und wankte zum Messerblock auf der Arbeitsplatte. Nacheinander zog er die Klingen heraus, prüfte Länge und Schärfe und befand, dass ausnahmslos alle untauglich waren für sein Vorhaben. Sollte jetzt bereits die geniale Idee gestorben sein? Er torkelte zum Küchentisch zurück. Inzwischen war das Eis in der Flasche nahezu geschmolzen. Wie Öl, satt und dickflüssig, floss der Hochprozentige ins Mostrichglas. Sto Gramm, sagte Klaus B. und ließ das Wässerchen langsam in seinen Hals rinnen. Er spürte, wie es die Speiseröhre langsam hinunterlief und im Magen aufschlug. Auf einmal bemerkte er, dass dieser seit Stunden ohne feste Füllung geblieben war, denn er hatte die ganze Zeit nichts gegessen. Im Kasten entdeckte er ein angeschnittenes Mischbrot. Er roch daran, wie es die Russen tun, wenn sie trinken. Dann langte er nach einem der Messer und fand beim Schneiden seinen Verdacht bestätigt: zu stumpf, um einen Menschen damit umzubringen. Er runkste sich eine daumenbreite Scheibe ab, belegte sie mit dicken Wurstscheiben, die Butter sparte er sich. Seine Kiefer begannen zu mahlen, er kaute und schluckte und fand die Stulle ziemlich trocken, weshalb er sich aus dem Kühlschrank eine Flasche Bier holte. Mit den Zähnen hob er den Kronkorken vom Hals, wie er es seit seiner Jugend nicht mehr getan hatte. Die Vorsicht, die ihn von solchen Übungen Abstand hatte nehmen lassen, war verabschiedet. Sie war auf Ausgang und irrte durch den Vorgarten. Klaus B. kicherte albern.

Es ist 6.30 Uhr, wie der Blick auf die Armbanduhr verrät. Inzwischen atmet Klaus B. wieder normal, der Puls ist aufs üble Maß gefallen. Er ist ruhig, geradezu gelassen. Das Stilett in der Hosentasche schmiegt sich an den Oberschenkel. Nun steht er vor der Klingelleiste. Studiert die Namen. Das aber ist sinnlos. Er kennt den Mann nicht, bei dem seine Frau, die ehebrecherische Zicke, in der vergangenen Woche abgestiegen, richtiger: aufgestiegen ist. Klaus B. hat sich das Fenster in der 8. Etage genau gemerkt. Doch mit den Namen neben den Klingelknöpfen kann er nichts anfangen. Sie sind ihm fremd, und eine Zuordnung ist nicht möglich. Wer da in der 8. Etage wohnt, ist aus der Anordnung nicht ersichtlich.

Er hat auch nicht vor zu klingeln. Nicht, weil er fürchtet, seine Frau dort zu treffen – die ist zu ihren Eltern mit der Bahn ins Erzgebirge gefahren und ausnahmsweise auch angekommen. Vorsichtshalber rief er an und bekam von seiner Schwiegermutter die Ankunft bestätigt. Die vermeintliche Fürsorge war lediglich Vergewisserung, dass sie nicht nach Berlin gefahren ist.

Die Tür öffnet sich, eine junge Frau tritt heraus. Sie hält ihm auch noch die Pforte auf, wünscht ihm einen Guten Morgen und eilt an Klaus B. vorbei. Das gefällt ihm gar nicht, denn nun hat ihn jemand gesehen. Und das wollte er tunlichst vermeiden.

Allerdings hält ihn diese Feststellung nicht von seinem Vorhaben ab. Er steigt in den Fahrstuhl und drückt den Knopf. Der Lift hält nicht in jedem Stock. Er muss noch verschiedene Treppen steigen und um einige Ecken biegen, ehe er vor der Tür steht, hinter der er die Wohnung seines Widersachers vermutet. Er wirft einen Blick aus dem Fenster im Treppenhaus, sieht den Parkplatz und seinen himmelblauen Trabant und ist sich sicher, dass er genau vor jenem Sündenpfuhl steht, der sein Blut zur Wallung bringt. Augenblicklich wallt es überhaupt nicht, er ist ruhig wie selten. Geradezu kalt. Er steht und wartet. Worauf? Soll er klingeln, damit ihm aufgetan wird? Soll er ausharren, bis dieser Kerl herauskommt? Die Entschlossenheit, mit der er daheim ins Auto gestiegen war, scheint ihn inzwischen verlassen zu haben. Klaus B. steht auf dem Treppenabsatz und wartet. Irgendwo klappen Türen, im Haus erwacht das Leben, Menschen gehen zur Arbeit, Kinder in die Schule, Mütter bringen ihre Kinder in die Krippe. Wie lange will er hier Däumchen drehen?

Er spürt den Stahl an seinem Bein und ein merkwürdiges Grummeln in seinem Leib. Die Schicht in seinem Inneren hat begonnen, die Bakterien und Enzyme haben die Produktion aufgenommen. Es ist nur eine Frage der Zeit, bis er eine Toilette aufsuchen muss. Auch das noch, denkt er, und glaubt seinen Ohren und Augen nicht zu trauen: die Tür bewegt sich. Ein Mann kommt heraus, das heißt, er schiebt sich, den Rücken voran, aus dem Rahmen, denn er hat den Schlüssel eingeführt, um die Tür zu verschließen, sobald er diese zugezogen hat.

Klaus B. ist in wenigen Sätzen bei ihm. In seiner rechten Hand blitzt das Stilett, mit seiner linken verschließt er den Mund des Mannes, damit der nicht schreit. Dann sticht er zu. Die Klinge bahnt sich ihren Weg durch die Rippen, dringt aber nicht tief ein, denn mit sehr viel Kraft ist der Stoß nicht geführt, der Gnadenbringer macht seinem Namen Ehre: Er erweist dem Opfer die Gnade, nicht tödlich zu sein. Trotzdem sackt der Mann zusammen. Dabei wendet er seinen Kopf dem Täter zu, und der erschrickt. Später wird er vor Gericht erklären, der Angreifer habe bei seinem Anblick »Ach du Scheiße!« ausgerufen und eine Entschuldigung hinzugefügt.

Klaus B. ist sich augenblicklich sicher, dem Falschen das Stilett in den Rücken gebohrt zu haben. Der Mann ist betagter als der vermutete Liebhaber, und er sieht auch nicht wie ein Künstler, sondern wie ein Buchhalter aus. Bieder und mit einem glatt gezogenen Scheitel, mit weichen Händen, die darauf trainiert sind, spitze Bleistifte statt breiter Pinsel zu führen. Was tun?

Klaus B. wird von seiner Anteilnahme übermannt, er ist kein verrohter Mistkerl, wie man sie aus Filmen kennt, kein herzloser Schuft. Hier ist jemand, der Hilfe braucht. Dunkel erinnert er sich des Rot-Kreuz-Kurses, den er vor der Fahrschule absolvieren musste. Lang, lang ist es her, doch Wichtiges hat sich ihm auf ewig eingebrannt. So etwa der Hinweis, dass man – sollte sich bei Unfällen etwas in den Körper bohren – niemals diese Fremdkörper herausziehen dürfe. Das sei Aufgabe der Ärzte.

Was auf Autosplitter zutrifft, sollte auch für Stichwaffen gelten, sagt sich Klaus B. und belässt das Stilett an jenem Ort, an dem er es, tja, soll man sagen: deponierte? Das Stilett ragt wie ein Blitzableiter aus dem Buckel des Mannes. Da soll es auch bleiben, sagt er sich, und fragt den Mann, der ansprechbar ist, ob er laufen könne. Der Mann mit der Klinge im Kreuz nickt und sagt, er solle die Tasche nehmen, die ist ihm nämlich aus der Hand gefallen. Klaus B. bückt sich, hebt sie auf und sagt höflich, er werde sie tragen und ihn dazu, er solle, wenn es gehe, den Arm um seine Schulter legen. Nein, das geht nicht, offensichtlich hat der Muskel etwas abbekommen. Versuchen wir es auf der anderen Seite, sagt der Mann mit dem Messer. Das funktioniert.

Ohne dass ihnen jemand im Fahrstuhl oder auf dem Weg zum Parkplatz begegnet, erreichen beide den Trabant. Vorsichtig bugsiert Klaus B. den angestochenen Mann auf den Beifahrersitz. Er müsse sich nach vorn beugen, sagt er teilnahmsvoll, sonst bohre sich die Klinge noch tiefer in den Rücken. Er wolle sich bemühen, vorsichtig zu fahren.

Was habe er ihm da ins Kreuz gestochen, fragt das Opfer endlich, um den Grund seines rückwärtigen Schmerzes zu erfahren, und vor allem: warum?

Klaus B. startet und winkt ab. Das sei eine lange Geschichte, die werde er ihm jetzt nicht erzählen, sie sei länger als der Weg bis zur Charité, zu deren Notaufnahme er ihn jetzt fahren werde. Und warum? Es täte ihm schrecklich leid – er habe ihn mit jemandem verwechselt. Ein bedauerlicher Irrtum.

Der Beifahrer mit dem Dolch im Kreuz würde jetzt lachen, wenn's nicht so wehtäte.

Tun Sie es bitte nicht, sagt Klaus B., der Täter, und das sagt er aus reinem und tatsächlichem Mitgefühl. Sparen Sie sich ihre Kraft. Zum Beispiel, um mir den Weg zur Charité zu weisen, Sie kennen sich in Berlin besser aus als unsereiner.

Ach, sagt der Buchhalter, er sei wohl nicht von hier.

Vorsicht, denkt Klaus B., so weit geht die Nächstenliebe nun doch nicht, dass er dem Manne brühwarm alles erzähle, damit ihm die Polizei auf die Spur komme.

Der Trabant tuckert im Zweiertakt die Friedrichstraße hinauf, rollt über die Weidendammer Brücke und biegt in die Reinhardtsraße ein, dirigiert vom Beifahrersitz, auf dem sich ein Mann mit Stilett im Körper krümmt.

Dann geht es in die Hermann-Matern-Straße, und schon fährt der himmelblaue Trabant an der Notaufnahme vor. Sie befindet sich gleich hinter dem hochaufragenden Bettenhaus, das erst vor wenigen Wochen übergeben worden ist. Klaus B. stoppt, springt aus dem Fahrzeug, umrundet es und reißt die Beifahrertür auf. Dann hievt er vorsichtig sein Opfer aus dem Gefährt und führt den Mann zu der Tür. An einem Tresen sitzen mehrere Weißkittel, die sofort hinzueilen. Helfen Sie dem Mann, sagt er, er hat ein Messer im Rücken.

Dann ist er auch schon aus dem Haus. Zurück bleibt eine Abgasfahne.

In der Keibelstraße klingelt wenig später das Telefon. Die Klinik informiert, dass bei ihnen ein Mann von einem Unbekannten eingeliefert worden sei. Der aber habe sich umgehend entfernt.

Ob eine Straftat vorläge, fragt der Operative Diensthabende.

Würden wir sonst anrufen, lautet die Gegenfrage. Der Patient oder das Opfer, ganz wie er wolle, habe ein Stilett im Rücken gehabt, fünf Zentimeter tief, nichts Lebensbedrohliches, gleichwohl eine Straftat. Sie hätten ihn operiert, er läge auf Station. Er habe gesagt, dass der Mann, dem er das zu verdanken habe, also der Täter, ihn auch hierher gebracht habe, in die Notaufnahme der Charité. Wenn ein Polizist vorbeikomme, könne er sich die Aufzeichnungen anschauen, man habe nämlich – weil ein modernes Haus – an der Einfahrt auch eine Überwachungskamera. Da könne man wunderbar das Kfz-Kennzeichen an diesem Trabant erkennen.

Die Meldung kommt auf meinen Tisch. »Versuchter Mord« steht auf der Mitteilung, dazu alle aufgenommenen Daten. Die Kollegen sind alle im Einsatz, also nehme ich die Autoschlüssel und Papiere und fahre selbst zur Charité. Nicht mit Blaulicht und Trara, hier ist weder Gefahr im Verzuge noch sonst besondere Eile vonnöten. Der Fall scheint überschaubar, wenn alles stimmt, was die Charité-Mitarbeiter uns hatten wissen lassen.

Ich weise mich am Empfang aus und erkundige mich nach dem Opfer, auf welcher Station es liege. Und ob der Mann bereits ansprechbar sei.

Das solle ich auf der Station erfragen, heißt es, aber man könne mir schon mal die Videoaufnahmen zeigen, die von dem Auto gemacht worden sind, das hier vorgefahren war. Grundsätzlich würden alle Fahrzeuge aufgezeichnet, die die Notaufnahme ansteuerten, und wie sich in diesem Falle zeige, sei das nicht unbedingt überflüssig.

Der Sicherheitsbeauftragte des Hospitals hat bereits das Band zurückgespult und zeigt mir die entsprechende Sequenz, auch das Kennzeichen hat er schon notiert, doch ich solle mir selbst einen Eindruck verschaffen. Über den Monitor ruckeln und zuckeln vergleichsweise unscharfe Bilder in Schwarzweiß, die zudem noch von weißen Streifen und Pixeln zerlegt werden. Man sieht: Die Videotechnik steckt noch in den Kinderstunden.

»Ist das Russentechnik?«, frage ich. »Nee«, sagt der Mann von der Betriebssicherheit, »von den Franzosen. Aber die sind auch nicht weiter«.

Das Nummernschild ist allerdings erkennbar, die Buchstaben lauten ZCZ.

»Z ist Cottbus«, sage ich.

»Ja«, sagt der Spezi, »und CZ ist Stadt- oder Landkreis. Sie müssen einfach nur bei der Kfz-Meldestelle in Cottbus anrufen, und schon haben Sie den Mann«.

Auf der Station erfahre ich, dass der Patient ansprechbar ist und ich zu ihm darf. Ich gehe ins Zimmer und stelle mich als Hauptmann der K Ralf Romahn von der VP-Inspektion in Mitte vor und lasse mir berichten, was geschehen ist. Ich notiere mir einige Stichworte, auch jene, die der Täter benutzte, nachdem er zugestochen hatte: »Ach du Scheiße« und »Entschuldigung«.

Das hat man noch nie von einem potenziellen Mörder zu hören bekommen.

Ein Anruf in Cottbus genügt, dann ist der Fahrzeughalter ermittelt. Es handelt sich um einen unbescholtenen Bürger, der noch nie auffällig war, folglich auch nicht vorbestraft ist. Eine solch kuriose Geschichte war mir in meiner ganzen Laufbahn als Kriminalist noch nicht untergekommen.

Zwei Tage später fahren wir in die Bezirksstadt zu Klaus B., wir suchen ihn in seinem Betrieb auf.

Er macht einen sichtlich niedergeschlagenen Eindruck und unternimmt keinerlei Ausflüchte. Er gesteht die Tat, schildert Umstände und Ursachen. Seine Aussagen decken sich mit denen des Opfers. Das Ermittlungsverfahren ist fast so kurz wie das Hauptverfahren in Berlin, denn geurteilt wird am Ort, wo die Tat verübt worden ist.

Klaus B. ist geständig. Im Prozess wird auch klar, weshalb er einen gänzlich Unbeteiligten verletzt hatte. Es war purer Zufall, dass wenige Minuten, nachdem B.'s Frau das Gebäude betreten hatte, der – wie es im Juristendeutsch heißt – Geschädigte das Licht in seiner Wohnung anknipste, was den Täter zu der auch sonst ziemlich irrigen Annahme verleitete, dies könnte die Wohnung seines Nebenbuhlers sein. Nur ein Einfaltspinsel konnte zu einem solchen Schluss gelangen. In diesem großen Haus befinden sich viele Wohnungen und in Dutzenden waren die Fenster erleuchtet.

Der Mann, den Klaus B. suchte und der tatsächlich in diesem Gebäude lebt, bewohnt ein Quartier in der 4. Etage.

Das Gericht zeigt sich souverän und großzügig. Weil Klaus B. aktive Reue gezeigt und den Verletzten zur medizinischen Versorgung gefahren habe, so heißt es im Urteil, wird er wegen vorsätzlicher Körperverletzung gemäß § 115 des Strafgesetzesbuches zu einer Haftstrafe von zwei Jahren verurteilt, die Strafe jedoch zur Bewährung ausgesetzt.

Als wir in unserem Dezernat den Fall auswerten, bemerkt einer in unserer Runde lakonisch: Falls es eines Beweises bedurfte, das Liebe blind macht – hier haben wir ihn geliefert bekommen.

Kremserfahrt in den Tod

Lotte lahmt. Kraske ist sauer und springt vom Bock. Das fehlte noch, dass die Stute kurz vor dem 1. Mai schlappmacht. An diesem Feiertag und am 7. Oktober klingelt die Kasse. Überall finden Volksfeste statt. Seit Jahren schon zieht er an solchen Tagen mit seinem Gespann durch den Prenzlauer Berg. In der Greifswalder Straße, vorm Thälmann-Denkmal, lädt er zehn Kinder auf seinen Kremser. Mit dem zuckelt er die Dimitroffstraße hoch bis zur Schönhauser, dort biegt er in die Wichertstraße ein, es geht die Grellstraße hinab bis zur Greifswalder, und schon ist er wieder bei »Teddy« Thälmann. Etwa eine Stunde braucht er für diese Rundfahrt, und dafür kassiert er pro Kindernase 50 Pfennig, macht fünf Mark pro Tour. Plus Trinkgeld.

Kraske führt eine kleine Wirtschaft am nördlichen Rand von Berlin. Die ist so winzig, dass ihn nicht einmal die LPG wollte, die Kollektivierung der Landwirtschaft schlug um Kraskes Hof einen Bogen. Er bessert mit Fuhrgeschäften die Haushaltskasse auf, ansonsten lebt er von dem, was Acker und

Stall hergeben. Kraske ist Selbstversorger und damit ein wenig von gestern, obgleich er erst auf die fünfzig zugeht. Vielleicht ist er aber auch nur seiner Zeit voraus, die einfache Lebensweise soll erst in einigen Jahrzehnten modern werden.

Kraske ist kinderlos, aber kinderlieb. Seine Frau spielt in dieser Geschichte keine Rolle, deshalb muss hier auch nicht erklärt werden, warum sie keine Kinder bekam und trotzdem zu Hause die Hosen anhat. Frau Kraske verdient an der Kasse im Konsum das Geld. Denn ganz ohne Finanzen kommt nicht einmal Kraske aus. Und deshalb ist seine Frau der Bestimmer. Sie sagt, wo's langgeht. Sie organisiert auch die Kremserfahrten. Heute würde man sagen: Frau Kraske ist die Managerin des Fuhrgeschäfts, the operator of the haulage business.

Bauer Kraske schlägt mit der Hand auf Lottes Kruppe, beugt sich nach unten und hebt das linke Hinterbein des Pferdes. Das Eisen sitzt fest. Dann sieht er den Dorn, der sich in den weichen Teil des Hufs gebohrt hat. Er greift mit Daumen und Zeigefinder nach dem harten Stachel und zieht ihn mit einem Ruck heraus. Lotte beginnt, auf drei Beinen zu tänzeln, es muss ihr wehgetan haben. Kraske hält den Dorn gegen den Himmel, das ist ein ganz schöner Kawenzmann, denkt er. Wo hat sie sich den eingetreten? Es muss erst unlängst geschehen sein, denn es ist weder eine Schwellung noch eine Entzündung im Ballen zu sehen. Vorsichtshalber wird er nachher im Stall etwas Arnika auf die kleine Wunde träufeln, das verhindert eine Infektion. »Wir werden das schon packen, Lotte«, sagt Bauer Kraske und stellt das Bein zurück auf den Boden. Lotte setzt erst vorsichtig die Spitze des Hufs aufs Pflaster, dann das ganze Eisen.

Der Kutscher klettert zurück auf den Wagen, greift sich die Zügel und schnalzt mit der Zunge. Lotte und der Wallach an ihrer Seite ziehen an. Die Lerchen fliegen über die Felder und zwitschern in der lauen Frühlingsluft, und über allem spannt sich ein blauer Himmel mit vielen Schäfchenwolken. Die Knospen an den Straßenbäumen platzen, drüben der Birkenwald trägt bereits erkennbar Grün. Wenn das Hochdruckgebiet stabil bleibt, wie der Wetterbericht meldet, wird es einen wunderbaren 1. Mai geben. Über 20 Grad sollen es werden, prophezeien die Meteorologen. Kraske gibt wenig auf die Prognosen der Wetterfrösche, er vertraut mehr dem hundertjährigen Bauernkalender und seinem eigenen Rheuma. »Je weißer die Schäfchen am Himmel gehn, desto länger bleibt das Wetter schön«, sagt außerdem eine der Bauernregeln. Und auf die ist mehr Verlass als auf jeden offiziellen Wetterbericht. Schöne weiße Wolken segeln am blauen Himmel langsam dahin.

Daheim spannt Kraske die Pferde aus und bringt sie in den Stall. Auf der kleinen Wiese hinterm Haus klammert seine Frau Wäsche an die Leine, feucht und schwer ziehen die Bettbezüge und Laken nach unten. Kraske geht grußlos ins Haus, er hat wenig Neigung, sich das übliche Gemecker anzuhören. Schon beim Frühstück hat sein bestes Stück gemault, weil der 1. Mai heuer auf einen Sonntag fällt und somit kein echter Feiertag ist. Was regst du dich auf, hatte er eingewendet, das sei doch letztlich wurscht. Für dich schon, hatte sie gegiftet, sie müsse schließlich arbeiten und pünktlich an jedem Werktag an der Kasse sitzen, da freue man sich über jeden arbeitsfreien Tag.

Er arbeite auch, widersprach Kraske vorsichtig, das Vieh müsse täglich sein Futter bekommen und interessiere sich einen Scheiß darum, ob Feiertag sei oder nicht. Danach war er aufgestanden und hatte die halbvolle Kaffeetasse wortlos auf dem Küchentisch zurückgelassen. Er hatte eine Fuhre zu erledigen. Ein Datschenbauer im Ort wollte einige Sack Zement vom Lager der Bäuerlichen Handelsgenossenschaft auf sein Grundstück befördert haben, mit dem PKW war es ihm zu beschwerlich. Oder besser gesagt: Er wollte den Kofferraum seines Ladas nicht unnötig schmutzig machen. Die Papiersäcke aus dem Zementwerk in Rüdersdorf staubten, der Kofferraum hätte danach so ausgesehen wie die Landschaft, in der der Zement produziert wird. In Rüdersdorf ist immer Winter, auf Dächern, Straßen, Wiesen und Äckern liegt stets eine graue Staubschicht. Die Wäsche trocknet man dort besser auf dem Dachboden oder gibt sie zum VEB Rewatex, der sie gebügelt wieder zurückbringt. Oder man zieht besser weg und in eine andere Gegend.

Kraske hatte wütend die Pferde eingespannt und war mit dem Wagen zur BHG gezuckelt. Dort herrschte das übliche Wochenendgedränge, das diesmal besonders dicht war, weil es eine Zementlieferung gegeben hatte. Die war lange überfällig. Kraske musste sich wie jeder andere anstellen und geduldig ausharren, bis er an die Reihe kam, obgleich er als Kunde vorgemerkt war. Die anderen in der Schlange hatten jedoch ebenfalls vorbestellt. Kraske klappte die Ohren nach innen, um die Gespräche der Menschen nicht hören zu müssen. Vor ihm stand eine Frau mit ausladendem Gesäß, über das sich eine Jeans spannte. Die Hose war erkennbar eine Spur zu eng. Kraske rätselte, ob die Frau im Laufe der Jahre zu fett fürs Beinkleid geworden war, im Unterschied zur Hose also aus- und zugelegt hatte, oder ob sie meinte, darin knackiger, also jünger, auszusehen, weshalb sie die Jeans vielleicht eine Nummer kleiner gekauft hatte.

Kraske hatte noch lange nicht mit seinem Leben abgeschlossen, auch wenn er mit Gerda nicht mehr viel anzufangen wusste. Wenn es sich ergab, naschte er nicht nur mit den Augen. Hin und wieder endete eine Fuhre mit Baumaterial oder dergleichen im Ehebett einer verblühten oder vergessenen Blume, deren Mann auf Montage oder anderwärts unterwegs war.

Nein, ein Kostverächter war er nicht, wenngleich nicht sonderlich wählerisch.

Die Dicke vor ihm jedoch war definitiv nicht sein Typ. Ihn störten weniger die Breite des Gesäßes und die Rettungsringe über dem straffsitzenden Bund, welche sich unter dem engen Shirt übereinander stapelten wie Gummireifen auf der Kartbahn. Es war das Parfüm. Sie hatte nicht nur zu viel davon aufgelegt. Die strenge Note überlagerte alles im BHG-Lager. Hier roch es nach Holz, Rattengift und Kunstdünger, nach Kali, Samen und Zement, nach Hornspänen und Blumenerde, eben alles, was die Klein- und Schrebergärtner so brauchen. Das alles aus der Nase zu drängen mit einem künstlichen Duftwasser schien selbst Kraske erstaunlich.

Nachdem er den Bestellschein seines Auftraggebers über den Verkaufstresen geschoben und die Zentnersäcke auf den kleinen, gummibereiften Wagen gehievt hatte, war er vom BHG-Hof gerollt und erleichtert, dem Gedränge entronnen zu sein. Er hatte nichts gegen Menschenaufläufe, im Gegenteil, Volksfeste wie das am 1. Mai bereiteten ihm Vergnügen, zumal er mit seinem Kremser eine größere Aufmerksamkeit fand als an den übrigen Tagen. Es machte Spaß, von den Eltern bedrängt zu werden, die ihre Kinder eine Runde mit dem Wagen drehen lassen wollten. Das war eine andere Perspektive als die beim Blick durchs Fenster eines Trabant. Und wann sahen sie schon einmal Pferde in der Stadt?

Für die Kinder war die Kutschfahrt ein einmaliges Erlebnis, anders als eine Runde auf dem Karussell oder mit dem Riesenrad: Da ging es nur im Kreis. Und für die Eltern bedeutete dies eine Stunde ohne das quengelnde Kind an der Hand oder dem Rocksaum. Das war für alle Beteiligten eine Win-win-Situation, wie das Neudeutsch hieß: Jeder profitierte von der Kremsertour: Eltern, Kinder und der Kutscher Kraske.

Kurz vor 13 Uhr rollt Kraske mit seinem Kremser auf den Platz vor dem Thälmann-Denkmal. Bis vor wenigen Jahren noch verbreitete hier ein Gaswerk Gestank. Seit mehr als hundert Jahren machte man aus Kohle und Koks Gas, Teer, Ammoniak, Schwefelwasserstoff und weitere übel riechende Abfälle, weshalb zu Beginn der 80er Jahre der Betrieb einschließlich der denkmalgeschützten Gasometer abgerissen worden war. In wenigen Jahren entstanden auf dem 25 Hektar großen Gelände Wohnungen für viertausend Menschen, Restaurants, ein Kulturhaus, ein Planetarium und weitere sinnvolle Einrichtungen, vor allem eine Parkanlage. Und dahinein pflanzte man den gewaltigen Bronzekopf des 1944 von den Nazis ermordeten KPD-Vorsitzenden, weshalb das ganze innerstädtische Wohngebiet »Ernst-Thälmann-Park« heißt.

Den umrundet Kraske nunmehr weiträumig mit seinem Kremser.

Mit Kremser und Kutsche quer durch die Stadt

Nach seiner Ankunft hatte er Lotte und dem Wallach den Hafersack umgehängt und sich eine Bratwurst vom Rost geholt. Den Luxus gönnte er sich zum Feiertag. Das labbrige Toastbrot hatte er gleich in Lottes Hafersack geworfen. Aber die Wurst! Früher hatte er regelmäßig hinterm Haus gegrillt, die Freunde und Nachbarn machten sich seit Jahren jedoch rar. Sie waren alle älter geworden, hatten Familie und einen immer härter werdenden Arbeitsalltag, so dass sie lieber aufs eigene Sofa sanken, als noch wie einst bei Fremden am Lagerfeuer zu sitzen, zu trinken und zu quatschen. Kraske hatte irgendwann den Grillrost in die Scheune getragen.

»Wann geht's los?«, will ein Mann mit einem Kind an der Hand wissen.

Der kauende Kraske weist mit der Wurst auf das Pappschild, das am Wagen hängt. »Kremserfahrt 13, 14, 15 und 16 Uhr rund um den Thälmann-Park«, steht dort.

»Das ist in zehn Minuten«, sagt der Mann nach einem Blick auf seine Armbanduhr. »Können wir Maik schon auf den Wagen setzen und bezahlen?«

Kraske schluckt den Wurstzipfel hinunter. »Könn' Se«, sagt er, »macht fuffzich Pfennich.«

Der Mann reicht eine Mark und winkt ab, als Kraske demonstrativ in seiner Hosentasche nach Wechselgeld zu suchen beginnt. »Schon gut, stimmt so.«

Kraske nickt, als habe er nichts anderes erwartet.

Nach und nach drängen immer mehr Eltern heran, die ihre Sprösslinge auf den Kremser heben und ihren Obolus bei Kraske abliefern. »Eine Stunde«, antwortet er, wenn er nach der Dauer der Ausfahrt gefragt wird. »Kommen Se jejen zwei, dann kriejen Se Ihrn Sonnenschein wieda.«

In wenigen Minuten sind die beiden Bänke gefüllt, links und rechts sitzen jeweils fünf Mädchen und Jungen. Kraske schließt die rückwärtige Pforte mit einer Kette und wirft einen prüfenden Blick auf seine Passagiere. Es handelt sich wie immer um Kinder im Vorschulalter oder Erstklässler. Spätestens ab acht, neun Jahren haben die Heranwachsenden andere Interessen. Eine Stunde mit einem Kremser im Schritttempo durch die Stadt zu zuckeln ist in diesem Alter nicht mehr so cool.

»So, denn wolln wia ma«, ermuntert Kraske die Kinder, die ihn erwartungsvoll anstarren. »Imma schön sitzen bleibn, nich uffstehn, schon ja nich üba de Rückenlehne beujen. Allet klar?«

Ein zehnstimmiges Ja schallt ihm entgegen, die Eltern stehen im Halbrund, lachen und winken.

Kraske geht nach vorn zu den Pferden und greift in Lottes Zaumzeug. Er wird die ganze Runde neben dem Tier laufen, mit dem Griff in die Trense kann er es besser führen. Natürlich könnte er auch oben auf dem Kutschbock sitzen und die Pferde mit den Zügeln steuern, doch er will kein Risiko eingehen. Außerdem macht es die Tiere ruhiger, wenn sie ihn im Blick haben. Die Stadt ist ihnen fremd wie dem Bauern.

Der Wagen holpert über die Bordsteinkante, die Kinder werden durchgerüttelt und kreischen auf. Kraske dreht sich um und sagt: »Nana.« Danach läuft der Wagen ruhiger, die acht Eisen an den Hufen schlagen gleichmäßig ihren Rhythmus auf den Asphalt. Kraske trottet nebenher. Er blickt geradeaus und wirft nur ab und an einen Blick auf die Zossen, nach hinten schaut er nie. Sein Augenmerk gilt dem Autoverkehr, der unablässig neben ihm rollt. Weniger Autos als an den Werktagen, gewiss, aber eben doch mehr als bei ihm auf dem Dorf. Die Pferde merken das auch, Kraske spürt die Anspannung. Ein Tier ist auch nur ein Mensch. Sensibel und unsicher in fremder Umgebung.

Der Kremser rollt auf der rechten Spur und ganz dicht an den am Straßenrand parkenden Fahrzeugen vorüber. Die vorbeifahrenden Autos weichen beizeiten aus, es besteht nie Gefahr, das eins auffährt. Hinten baumelt zudem der Eimer, aus dem die Pferde saufen, wenn sie wieder zum Ausgangspunkt zurückgekehrt sind. Der Eimer schwenkt wie ein Warnsignal hin und her, Kraske selbst hat ihn rot angemalt und hängt ihn jedes Mal an den Haken unter der Ladefläche, wenn er den Hof verlässt.

Von Weitem schon ist die U-Bahn zu sehen. Sie verkehrt in der Schönhauser überirdisch. So wird aus der Untergrund- eine Hochbahn. Als damals, vorm Ersten Weltkrieg, die Verbindung vom Spittelmarkt über den Alexanderplatz nach Pankow gebaut wurde, musste man nicht nur sparen, sondern auch berücksichtigen, dass sich unter dem Pflaster viele Abwasserkanäle befanden, die nicht verlegt werden konnten. Darum baute man dann die Gleise über der Straße. Die Berliner nennen die Hochbahn »Magistratsschirm«, weil man – auf Kosten des Magistrats – auch bei Regen trockenen Fußes flanieren kann. In anderen Stadtbezirken verkehrt mancherorts die U- ebenfalls als Hochbahn, doch kurioserweise heißt sie nicht Magistratsschirm. Verstehe das, wer will.

Die Straßenkreuzung am U-Bahnhof Dimitroffstraße ist nicht ganz ungefährlich. Hier stoßen nicht nur Schönhauser und Dimitroffstraße zusammen, sondern auch noch die Kastanien- und die Pappelallee. Unter dem Hochgleis hat Konnopke seine Imbissbude. Kraske leckt sich die Lippen, als er das Häuschen sieht, vor dem sich wie stets eine Schlange windet. Dort gibt es Currywurst. Die Straßenbahn quietscht die Schönhauser hinauf, Kraske verharrt an der Ampel. Dann ist Grün und er kann einbiegen. Die Kinder sitzen hinten folgsam und lassen keinen Mucks hören.

So rollt denn, von Kraske umsichtig geführt, das Gespann Meter um Meter durch den Kiez. In der Hosentasche klappern die Alu-Chips. Zwischen den Laternen und an Häuserwänden grüßen Transparente zum »Internationalen Kampf- und Feiertag der Werktätigen«, dessen offizieller Teil sich am Vormittag auf der Karl-Marx-Allee abgespielt hat. Mehrere Stunden lang marschierten Berliner an der Tribüne vorbei und jubelten der Führung pflichtschuldig zu. Nun sind in jedem Kiez Straßen- und Volksfeste angesagt, wo Klein und Groß ihren Spaß haben. Kraske ist Teil des entspannenden Unterhaltungsprogramms.

Nach etwa einer Stunde biegt er von der Grell- in die Greifswalder Straße, fährt durch die S-Bahnunterführung, dann hat er es geschafft. Der Wagen ruckelt über die Bordsteinkante. Am Stellplatz war-

Die Schönhauser Allee mit der überirdischen U-Bahn, die der Volksmund »Magistratsschirm« nennt

ten bereits Mütter und Väter, um ihre Sprösslinge mit lautem Hallo in Empfang zu nehmen. Ein Kind nach dem anderen wird vom Wagen gehoben.

»Wo ist Maik?« Die Frage schwirrt plötzlich über den Platz, laut und vernehmbar ins Rund gerufen. Sie ist mehr Vorwurf denn Frage. Der Mann, der sie stellt, Kraske erinnert sich, ist jener, der als Erster seinen Jungen bei ihm abgegeben hatte.

»Wo ist er!«

Das ist schon keine Frage mehr, sondern eine Auskunft einfordernde Feststellung. Offenkundig ist der Junge im Gewusel verschwunden.

Kraske wendet sich ruhig dem Rufer zu. Die Frau an dessen Seite wirkt erkennbar nervös, Mütter erregen sich immer schnell, wenn irgendwas mit ihrem Kind ist. Der Kutscher macht eine beruhigende Handbewegung. »Gemach, gemach«, sagt Kraske, »Maik wird sich schon wieder anfinden. Er kann sich ja nicht in Luft aufgelöst haben.«

Natürlich nicht. Kraske ist sich sicher, dass der Vermisste den Eltern entwischte, nachdem er vom Kremser abgestiegen ist. Er wird hier schon irgendwo sein. Kraske lässt seinen Blick schweifen. Buden und Verkaufsstände säumen den Platz, an der Ecke dreht ein Karussell seine Runden, Musik dröhnt aus allen Richtungen, die Automaten quietschen und klappern, dazu Gejohle und Gekreische: der Klangbrei legt sich auf die Ohren. Kraske ist Ruhe gewohnt und zieht sie dem Lärm vor. Die Maik-Rufe der Eltern werden da nicht durchdringen, denkt er. Sinnvoller wäre es wohl, wenn sie nach ihrem Jungen Ausschau hielten, der wird irgendwo herumstreunen und nicht daran denken, dass sich seine Eltern Sorgen um ihn machen. Er ist doch ein Kind.

Kraske wendet sich seinen Pferden zu. Sie haben die Aufmerksamkeit viel nötiger. Für die Kinder haftet er nur, solange sie auf seinem Wagen sitzen. Dort hockten sie brav die ganze Zeit, als er mit ihnen unterwegs war. Es ist nichts passiert. Hier haften die Eltern für ihre Kinder, wie es immer heißt. Das ist nicht mehr sein Bier. »Stimmt's, Lotte.« Er tätschelt der Stute liebevoll den Hals.

Draußen, vorm Fenster, kreisen die Tauben. Ich schaue ihnen nach. Der Schwarm fliegt rasch dahin, schlägt wie auf Kommando Volten und Haken, als seien die Vögel ferngesteuert wie Modellflugzeuge und reagieren auf Knopfdruck. Ich bin Leiter der K in Berlin-Mitte, der Chef von etwa 150 Kriminalisten, die hier in der VP-Inspektion in der Keibelstraße, verteilt auf acht Kommissariate im Hause, arbeiten. Zur K-Mitte gehören noch die Mitarbeiter von vier Revierkriminalstellen (RKS) und Kräfte der Betriebsschutzkriminalpolizei (BSK). Das sind Detektive in den Interhotels des Stadtbezirks sowie im Centrum Warenhaus, in der Charité und auf dem Fernsehturm. Sie sind überall dort im Einsatz, wo gewöhnlich lange Finger gemacht werden. Geklaut wird alles, besonders jedoch Geldbörsen. Im Dezember, wenn die Jahresendprämien verteilt werden und die halbe Republik in Berlin einkauft, ist die große Zeit der Taschendiebe. Im Schnitt werden dann im Centrum Warenhaus sechzig Portemonnaies in der Woche gestohlen, zehn etwa an jedem Tag. Die Täter sind meist weiblich und zwischen 25 und 30 Jahre alt. Zu meinem Bereich gehören ferner zwölf Kilometer Staatsgrenze und vier Grenzübergangsstellen. Auch daraus ergeben sich spezielle Aufgaben. Augenblicklich beschäftigt mich etwas anderes.

Es scheint, als sei der Junge gefunden, nachdem eine Woche fieberhaft gesucht worden ist. Am 1. Mai war er im Stadtbezirk Prenzlauer Berg verschwunden, die aufgeregten Eltern hatten noch am Sonntagnachmittag eine Vermisstenanzeige aufgegeben. Die Suche war alsbald auf die ganz Hauptstadt ausgedehnt worden, zeitigte jedoch keinen Erfolg. Nun hatte jemand in einem Mietshaus an der Hufelandstraße den Leichnam eines Kindes in einem Keller entdeckt. Aus einem Lumpenberg in einer unbeleuchteten Ecke hatte ein Beinchen geragt und die Neugier des Mieters provoziert. Er informierte die Polizei.

Der Leichnam wurde umgehend in die Gerichtsmedizin in die Hannoversche Straße überführt, die Kriminaltechniker untersuchten den Fundort nach Spuren. Wie sich zeigte, war der auch der Tatort. Der Chef des Dezernats V im Präsidium, das für Berlin und angrenzende Bezirke zuständige Fahndungsdezernat, will über das schwere Verbrechen informieren. Ich mache mich auf den Weg.

Auf dem Flur vorm Beratungszimmer treffe ich Oberst Adolf Huber, er leitet die VP-Inspektion von Mitte. »Na, auch schon Feuer bekommen?« Ich hebe den Daumen Richtung Decke, weil ich weiß, dass seit geraumer Zeit im Präsidium dicke Luft herrscht. Im Herbst vorigen Jahres war unter ähnlich mysteriösen Umständen ein Junge umgebracht und der Täter noch immer nicht gefasst worden. Es könne

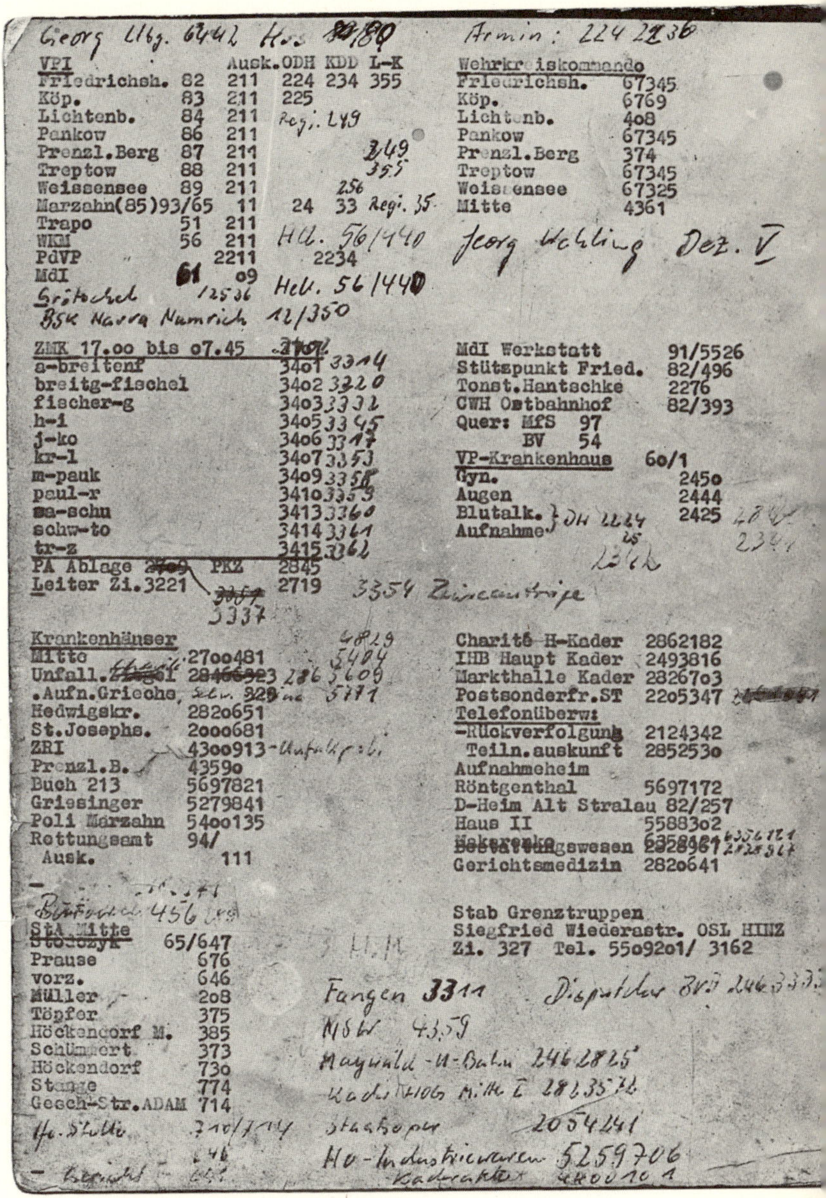

VPI Ausk. ODH KDD L-K
Friedrichsh. 82 211 224 234 355
Köp. 83 211 225
Lichtenb. 84 211
Pankow 86 211
Prenzl.Berg 87 211
Treptow 88 211
Weissensee 89 211
Marzahn(85)93/65 11 24 33
Trapo 51 211
WKM 56 211
PdVP 2211 2234
MdI 61 o9

Wehrkreiskommando
Friedrichsh. 67345
Köp. 6769
Lichtenb. 4o8
Pankow 67345
Prenzl.Berg 374
Treptow 67345
Weissensee 67325
Mitte 4361

ZMK 17.oo bis o7.45
a-breitenf 34o1
breitg-fischel 34o2
fischer-g 34o3
h-i 34o5
j-ko 34o6
kr-l 34o7
m-pauk 34o9
paul-r 341o
sa-schu 3413
schw-to 3414
tr-z 3415
PA Ablage PKZ 2845
Leiter Zi.3221 2719

MdI Werkstatt 91/5526
Stützpunkt Fried. 82/496
Tonst.Hantschke 2276
CWH Ostbahnhof 82/393
Quer: MfS 97
BV 54
VP-Krankenhaus 6o/1
Gyn. 245o
Augen 2444
Blutalk. 2425
Aufnahme

Krankenhäuser
Mitte 27oo481
Unfall.
.Aufn.Griechs
Hedwigskr. 282o651
St.Josephs. 2ooo681
ZRI 43oo913
Prenzl.B. 4359o
Buch 213 5697821
Griesinger 5279841
Poli Marzahn 54oo135
Rettungsamt 94/
Ausk. 111

Charité H-Kader 2862182
IHB Haupt Kader 2493816
Markthalle Kader 28267o3
Postsonderfr.ST 22o5347
Telefonüberw:
-Rückverfolgung 2124342
Teiln.auskunft 285253o
Aufnahmeheim
Röntgenthal 5697172
D-Heim Alt Stralau 82/257
Haus II 55883o2
Bestattungswesen
Gerichtsmedizin 282o641

StA Mitte
65/647
Prause 676
vorz. 646
Müller 2o8
Töpfer 375
Höckendorf M. 385
Schümmert 373
Höckendorf 73o
Stange 774
Gesch-Str.ADAM 714

Stab Grenztruppen
Siegfried Wiederastr. OSL HINZ
Zi. 327 Tel. 55o92o1/ 3162

Internes Telefonverzeichnis der Kriminalpolizei in Berlin-Mitte ja wohl nicht sein, dass ein Sechsjähriger spurlos in der Hauptstadt der DDR verschwindet, hieß es zunächst. Die Möglichkeit, dass das Kind eventuell mit einem Fluchtfahrzeug ausgeschleust worden sein könnte, wurde ausgeschlossen. Warum, wozu, wer sollte dafür ein Motiv haben? Die Eltern galten als ordentliche Staatsbürger, waren noch nie auffällig geworden. Für eine Erpressung schien das Konto zu schmal, und Verwandte im Westen hatten sie auch nicht. Es gab kein einziges Motiv, das für eine Entführung sprach. Hingegen wuchs der Verdacht auf ein Verbrechen mit jedem Tag mehr.

Nach drei Wochen hatte ein Schornsteinfeger den Leichnam in einem feuchten, dunklen Keller eines Hauses an der Dimitroffstraße gefunden. Der Kaminkehrer war, nachdem er seinen Besen durch die Schlote gezogen hatte, ins Untergeschoss gestiegen, um dort den Ruß aus den Schornsteinen zu kratzen, welcher sich am Fuße gesammelt hatte. Dabei hatte er im Halbdunkel in einer Kellerecke den verstümmelten Leichnam eines Kindes entdeckt.

Damit war zumindest die Ungewissheit über das Schicksal des verschwundenen Kindes beendet. Die Suche nach dem Täter hatte begonnen. Und die hielt noch immer an. Und nun dieser zweite Fall. Die Morduntersuchungskommission I, mit der Aufklärung des Falls befasst, stocherte noch immer im Nebel. Keine Spur, keine Verdachtsmomente, nichts. Die Presse einzuschalten war nicht möglich.

Es verschwindet niemand unbemerkt in der DDR, schon gar nicht in der Hauptstadt. Hier lebten alle sicher, Kinder wie Erwachsene. Das Gefühl von Sicherheit nähme Schaden. Damit wurde begründet, weshalb man in der Lokalpresse keine Meldungen veröffentlichte und die Bürger um Mithilfe bat.

Die hohe Aufklärungsrate stützte das Argument, dass man es auch schaffte, ohne Alarm zu schlagen. Wir ermittelten neun von zehn Tätern, egal, ob sie Gewaltverbrechen oder weniger schwere Delikte verübt hatten. Na, geht doch, hieß es, weshalb wollt ihr die Bevölkerung verunsichern? Sicherheit ist ein hohes Gut – selbst wenn sie nur gefühlt ist.

Wir wissen zwar, wonach wir suchen, aber nicht, wo wir suchen sollten. Es gab auch diesmal keinerlei Hinweis darauf, wann und wie der Junge verschwunden war. Bei der Ankunft vorm Thälmann-Denkmal, während der Kremserfahrt durch den Kiez? Unmöglich. Das hätte Bauer Kraske bemerkt. Bei seiner Zeugenvernehmung hatte er in Abrede gestellt, unaufmerksam gewesen zu sein. Ihm wäre gewiss nicht entgangen, wenn ein Kind vom Wagen gefallen wäre. Ausgeschlossen. Und selbst wenn! Dann hätten es andere bemerkt.

Seiner Logik konnten sich die Ermittler nicht verschließen, was die Sache keineswegs einfacher machte. Sie konnten nicht um die Häuser ziehen und allen Anrainern an der Strecke das Bild von Maik vorweisen mit der Frage: Haben Sie dieses

Kind am 1. Mai gesehen? Da hätten sie an einigen tausend Türen klingeln müssen. Mit geringen Erfolgsaussichten und der Gewissheit, dass sich die Nachricht wie ein Lauffeuer verbreiten würde, die Polizei suche nach einem verschwundenen Jungen. Da hätten sie gleich das Foto und den Suchaufruf an die Presse geben können.

Im Beratungsraum hat sich etwa ein Dutzend Personen versammelt, die einen tragen Zivil, die anderen Uniform, aber alle haben mehr oder minder sorgenvolle Gesichter. Ich sehe Oberst Manfred Kolbe, den K-Leiter im Präsidium und damit wohl wichtigsten Mann in unserer Runde. Er eröffnet und gibt gleich das Wort an den Leiter der Morduntersuchungskommission I weiter.

Der schwankt in seinen Gefühlen erkennbar zwischen Befriedigung und Besorgnis, was ich schon nach wenigen Worten bemerke. Die Tatsache, dass nun nicht mehr weiter nach einem verschwundenen Jungen gesucht werden muss, löst einige Beruhigung bei ihm aus. Dieser Druck ist weg, aber die neue Situation nicht weniger dramatisch. Die Sorge richtet sich nun auf die Suche nach dem Täter.

»Genossen«, hebt er an, und dabei schwingt merklich innere Anteilnahme mit, »wenn ihr das Kind hättet sehen können …« Er stockt und ringt um Worte wie um Fassung. »Ich habe gewiss schon einige Tote vor Augen gehabt, grausam Ermordete und Verstümmelte. Das hier stellt jedoch alles in den Schatten. An diesem Kind ist vermutlich kein einziger Knochen heil geblieben.«

Kolbe zeigt sich ungewohnt einfühlsam, als er fragt, wer den Leichnam identifizieren solle, denn unter diesen Umständen den Eltern das Kind zu zeigen sei vielleicht nicht ratsam. Man sollte ihnen nach Möglichkeit den schrecklichen Anblick ersparen.

»Ich fürchte, dass das nicht geht«, werfe ich ein. »Zum einen muss den Eltern die Ungewissheit genommen werden, ob ihr Kind noch lebt. Und das kann nur dadurch geschehen, indem sie den Leichnam sehen und ihn als ihren Sohn identifizieren.«

»Oder auch nicht.«

»Oder auch nicht«, nehme ich Hubers Einwurf auf. »Dann aber stellt sich die Frage: Mit wem haben wir es hier zu tun? Gibt es eine weitere Vermisstenmeldung?«

Der Fahndungsleiter schüttelt den Kopf. Nein, bis auf Maik R. werde kein Kind in Berlin vermisst. Bei dem Leichnam kann es sich nur um den gesuchten Jungen Maik R. handeln. Eine Identifizierung durch die Eltern halte er dennoch für zwingend erforderlich.

Kolbe fragt, ob bereits der Obduktionsbericht vorliege. Nein, heißt es, der käme erst morgen früh ins Haus. Die Gerichtsmediziner hätten nach der ersten oberflächlichen Untersuchung weder etwas über die Ursache noch über den Zeitpunkt des Todes sagen können. Der Leichnam lag augenscheinlich in einem sehr feuchten Biotop. »Ihr wisst, was das heißt.« Verwesung und Fäulnis haben bereits eingesetzt, Maden und Mikroben ihr Arbeit begonnen.

»Gibt es Hinweise auf einen sexuellen Missbrauch?« Einer der jüngeren Kollegen drängt mit dieser Frage nach vorn und gibt sich damit als Grünschnabel zu erkennen.

»Glaubst du wirklich, dass das in diesem Zustand überhaupt noch feststellbar ist?«, wird ihm entgegengehalten.

Kolbe macht eine unbestimmte Handbewegung, als wolle er eine Auseinandersetzung vermeiden. »Natürlich ist die Frage augenblicklich nicht zu beantworten, ob eine Sexualstraftat vorliegt. Aber da sie nicht auszuschließen ist – so viele Motive gibt es ja wohl nicht, einen Sechsjährigen zu töten –, sollten wir alle uns diesbezüglich bekannten Straftäter überprüfen. Das wäre doch ein Ansatz.«

Das leuchtet ein.

Die Vertreter der Spezialkommission, Kriminalisten des MfS, exzellent ausgebildete Fachleute und in unserem Kreis akzeptiert, stehen mit dabei. Diese Institution war in den 50er Jahren gegründet worden. Nicht um der Kripo Konkurrenz zu machen oder gar um deren Arbeit zu kontrollieren, sondern weil es seinerzeit – in der Hochzeit des Kalten Krieges und bei offener Grenze – nicht wenige politisch motivierte Verbrechen gab. Brandanschläge und Sabotageakte, Entführungen nach Westberlin und Mordversuche waren darum nicht nur als »klassische« Gewaltakte zu begreifen, sondern auch als Angriffe auf den Staat und dessen Sicherheit. Die ursprünglich als »Mord- und Brandkommmission« gebildete Einrichtung wurde im Laufe der gesellschaftlichen Entwicklung zur Spezial- und Sonderkommission, die Fälle übernahm oder an ihrer Lösung mitwirkte, die von politischer Relevanz waren. Zum Beispiel fielen alle Wirtschaftsverbrechen in ihr Ressort. Wirtschaft war das Rückgrat und der Lebensnerv der DDR, Angriffe gleich welcher Art – auf Produktionsanlagen, auf Kader, auf Liefer- und Handelsbeziehungen etc. – zielten im weitesten Sinne auf die Existenz des Landes. Damit beschäftigte sich in der Staatssicherheit eine ganze Hauptabteilung, die HA XVIII. Ausschließlich. Die Kriminalpolizei ermittelte seit den frühen 50er Jahren nicht mehr im Ressort Wirtschaftsverbrechen.

Die Spezialkommission hingegen unterstützte uns bei der Aufklärung von Fällen, die eine gesellschaftliche Dimension hatten, also die Interessen vieler berührten. Etwa wenn, wie Anfang der 80er Jahre geschehen, in der Trelleborger Straße ein Volkspolizist ermordet und dessen Dienstpistole entwendet wurde. Oder wenn, wie wenige Jahre zuvor, in einer Leipziger Kinderklinik auf unerklärliche Weise mehrere Säuglinge starben und in Neubrandenburg ein Serienmörder vier Kinder ermordete. Dann treten die Kollegen von der Spezialkommission mit auf den Plan. Vergleichbar etwa mit der Praxis in der Bundesrepublik, wo der Staatsschutz in die Ermittlungen eingeschaltet wird, wenn ein politischer oder terroristischer Hintergrund vermutet wird.

Die Kriminalisten vom MfS benutzen das gleiche Handwerk und Besteck, mitunter sind sie ein wenig besser bestückt als wir, aber in unserem Gewerbe entscheidet nicht die Technik, sondern noch immer der Mensch, sein Wissen und seine Intuition. Denn wenn es allein die technischen Voraussetzungen wären, dann müsste die Aufklärungsrate in der zweiten deutschen Republik erheblich höher sein: Ihre technische Ausstattung ist der unseren erheblich überlegen.

Und was haben die Spezialisten im eigenen Hause uns voraus? Das Hinterland. Wir können auf die Strukturen des Innenministeriums zurückgreifen – sie überdies auf die des Ministeriums für Staatssicherheit, das bekanntlich auch mit geheimdienstlichen Mittel arbeitet. So liegen dort mitunter Erkenntnisse vor, die wir nicht haben können: Die Kriminalpolizei beschäftigt keine geheimen Informanten, inoffiziellen Mitarbeiter, V-Leute, Countermen und Konfidenten. Insofern ergänzen und unterstützen wir uns wechselseitig, denn am Ende zählt nicht, wer das Verbrechen aufgeklärt und den Täter überführt hat, sondern dass dies geschah. Von

Neid und Missgunst, Kompetenzgerangel und Distanz kann keine Rede sein.

Der eine Genosse aus der Spezialkommission erinnert an den Kindsmord vom vorigen Herbst und führt an: »Der Junge damals war ähnlich grausam hingerichtet worden. Ich bin davon überzeugt, dass Maik R. vom gleichen Täter erschlagen worden ist. Wir sollten uns noch einmal die Ermittlungsakten anschauen.«

»Du meinst, wir haben es mit einem Serientäter zu tun?« Kolbe kratzt sich am Hinterkopf. »Das wäre ja eine Katastrophe.«

»Zumindest könnte es ein Wiederholungstäter sein«, relativiert der Genosse vom MfS. Womit er nachdrücklich seine Mitarbeit reklamiert. Der Fall ist ein Politikum: Ein Serienmörder geht in der Hauptstadt um. Auch ich bin davon überzeugt, dass zwischen beiden Verbrechen ein Zusammenhang besteht.

Über das Gesicht von Christel D. zieht ein breites Lächeln, als sie den Kaffee eingießt. Es ist ungewöhnlich, dass sie ihr Innerstes derart nach außen kehrt. Als Sekretärin ist sie eine Perle, sie beherrscht ihr Büro. Dazu gehört auch, sich nie anmerken zu lassen, was sie fühlt oder denkt. Ihr Innerstes ist VS, mehr noch: eine Geheime Verschlusssache, also GVS. Ich weiß, dass sie verheiratet ist und zwei Kinder hat, die inzwischen aus dem Haus sind. In ihrem

Garten haben wir schon manchen Grillabend verbracht, was nichts Ungewöhnliches ist: Wir feiern reihum. Jeder lädt mal ein. Das fördert das Betriebsklima und den Zusammenhalt, den Kollektivgeist. Vorurteile, sofern vorhanden, lassen sich bei Bier und Bratwurst schleifen, es entsteht kollegiale Nähe. Das muss nicht zwangsläufig zu Kumpanei führen. Dienst ist Dienst, und Schnaps ist Schnaps. Ein Beispiel dafür ist folgende Geschichte. Einer meiner Kriminaltechniker hatte in der Michelangelostraße einen Unfall gebaut. Eigentlich war es gar kein Unfall. Er hatte mit seinem Trabant beim Ausparken zwei Autos gerammt. Die Verkehrspolizei erschien umgehend und konfiszierte seine Papiere einschließlich der VK 30 – die graue Karte, auf der u. a. die verschiedenen Fahrzeugklassen vermerkt waren, für die man eine Fahrerlaubnis besaß. Diese Karte brauchte man, um eine neue Fahrerlaubnis beispielsweise beim Verlust der alten beantragen zu können. Die Jungs von der Verkehrspolizei waren also ganz konsequent.

Nun hatte die Sache einen tragischen Haken. »Fritze« Steffens war nämlich nicht ganz nüchtern, als man ihn aus dem Auto zog. Die anschließende Blutprobe ergab 1,4 Promille, was also heftig über der in der DDR zulässigen Grenze von 0,0 lag. Ich wusste, dass »Fritze« kaum trank, er war aktiver Langstreckensportler, nahm am Rennsteiglauf in Thüringen und an diversen Marathonläufen teil. Er lebte also gesünder als die meisten von uns. Ihn warf jedoch die lebensbedrohliche Erkrankung seines Vaters völlig aus der Bahn. Und als ihn der Anruf aus der Magdeburger Klinik erreichte, es gehe aufs Ende zu, hatte er sich – auf seinen Alkoholpegel nicht achtend – umgehend hinters Lenkrad gesetzt. Zu allem Überfluss hatte ihn seine Frau auch noch aus der Parklücke zu lotsen versucht, statt ihm in den Arm zu fallen und den Schlüssel zu entwinden. Der Trabant war zwischen zwei PKW eingeklemmt gewesen, was einiges Geschick verlangte, um dort herauszukommen. Schon im nüchternen Zustand hätte diese Millimeterarbeit einige Zeit und ein gutes Gespür erfordert, jetzt aber war weder das eine noch das andere vorhanden. Das Auto davor und das dahinter wurden merklich ramponiert, nicht zu reden vom Steffens' Fahrzeug. Und ausgeparkt hatte er dennoch nicht. Gott sei Dank, sollte man meinen, denn man stelle sich den betrunkenen Fahrer auf der Autobahn vor …

Die Kollegen von der Verkehrspolizei erstatteten Anzeige, die Sache nahm auch ihren juristischen Weg – den ich keineswegs aufhielt. Kraft Funktion und Dienststellung hätte ich den Vorgang auf meinen Tisch ziehen können, und »Fritze« konnte sich meiner Sympathie so gewiss sein wie meines Verständnisses für seine Lage – aber ich deckelte den Vorgang nicht. Es gab keine Ausnahme vor dem Gesetz.

Die Verkehrspolizei ist konsequent: 0,0 Promille

Der Vorfall wurde dann auch disziplinarisch im Hause verfolgt, und wie gemeinhin in solchen Fällen üblich, musste sich auch in der Parteigruppe Fritze Steffens Asche aufs Haupt streuen. Dann war die Sache ausgestanden. Ich hatte als staatlicher Leiter jedoch stets mit Nachdruck auf die seelische Verfassung verwiesen und jeden demagogischen Angriff, dass die sonstigen Verdienste und Leistungen nicht in jenem Moment berücksichtigt werden dürften, wenn der Genosse »versagt« habe, entschieden zurückgewiesen.

Nachdem »Fritze« von der Blutprobe zurück war, habe ich seine Frau und ihn in den K-Wagen der

K-Mitte gesteckt und ihn nach Magdeburg bringen lassen, damit er mit seinem Vater nochmal sprechen konnte, eine Woche später war der Vater tot. Wenn das Kolbe erfahren hätte, wäre ich meinen Dienstgrad los gewesen.

Bereits bei 0,5 Promille – die nebenan, in Westberlin oder der Bundesrepublik, erlaubt waren – wurde in der DDR die Fahrerlaubnis für drei Monate einbehalten und hundert Mark Ordnungsgeld war zu zahlen. Bei 2,0 Promille waren bis zu siebenhundert Mark fällig und die »Fleppen« für dreißig Monate weg. Steffens lag irgendwo dazwischen. Nun, wir haben ihn den Kelch nicht bis zur Neige leeren lassen. Zahlen musste er, nicht aber bis zum völligen Ablauf der Frist auf seine Papiere warten.

Die Rigorosität bei der Ahndung tat unserer freundschaftlichen Kollegialität und meiner Autorität als Leiter keinen Abbruch. Ich hatte gezeigt, dass es mit mir keine krummen Sachen gab, aber mit meiner Nachsicht und Solidarität stets gerechnet werden konnte.

»Na, Christel, was hat dir derart auffällig gute Laune ins Gesicht gezaubert?«, frage ich, als ich die Kaffeetasse zum Munde führe.

Es ist kurz nach 8 Uhr, der offizielle Dienstbeginn. Ich bin seit anderthalb Stunden im Hause. Wie stets habe ich mich 6.30 Uhr von den beiden Kollegen des »Keibelritze« genannten Kriminaldienstes im Erdgeschoss informieren lassen – die beiden, stets aus unterschiedlichen Kommissariaten abgestellt, schieben von 16 Uhr bis 7 Uhr am folgenden Morgen Dienst. Danach bin ich in die 2. Etage zum Operativen Diensthabenden gelaufen, der mich ins Bild setzte über die polizeiliche Lage im Stadtbezirk. Vorfälle an den zwölf Kilometern Grenze und den vier Grenzübergangsstellen inklusive.

Anschließend habe ich alle Informationen in meinem Büro aufgearbeitet, 7.30 Uhr kontaktierte ich die Kommissariats- und Revierkriminalstellenleiter und berichtete ihnen, was anlag, und verteilte die Zuständigkeiten zu den Fällen. Inzwischen trafen Christel und andere Mitarbeiter ein.

Und dann tranken wir gemeinsam Kaffee. Wie jetzt.

»Du hast mal wieder recht gehabt, Chef.«

»Ich habe immer recht, Christel. Wenn ich mich mal irre, gebe ich das zu, womit ich also wieder recht habe …«

Sie lächelt zurückhaltend.

»Und: Um was geht's?«

Sie weist mit der Hand auf ihren Tisch. »Ich habe die zusammenfassenden Informationen über die beiden Fälle gelesen, also die vom 7. Oktober und vom 1. Mai. Bis ins Detail das gleiche Muster.«

»Es ist jetzt …« Ich schaue auf meine Armbanduhr. Bis 9 Uhr bleibt mir noch etwas Zeit. An jedem Donnerstag gibt es die große Runde beim Inspektionsleiter mit den Vertretern aller Dienstzweige:

von der Trapo über Pass- und Fernmeldewesen, Verkehrs- und Schutzpolizei bis hin zur Feuerwehr und der Versorgung.

Die wöchentliche Arbeitsberatung mit den Leitern der Dienstzweige empfinde ich als nützlich, es ist ein produktiver Gedankenaustausch. Natürlich geht es auch immer um die »politische Linie«. Jeden Dienstag trifft sich das Politbüro, die Führung der Partei, tags darauf werden die Botschaften über die Sekretariate und die ihnen unterstellten und nachgeordneten Abteilungen und Institutionen durchgestellt, die sie wiederum, wie in einer zentralistisch geführten Organisation üblich, in die entsprechenden Kanäle und Führungsstrukturen einspeisen. Bis Freitag ist zumindest die mittlere Leitungsebene über die aktuellen ideologischen Vorgaben und Intentionen der politischen Führung des Landes im Bilde.

Nach dieser »Argu« jedoch redet Huber Tacheles, geht es nur noch um dienstliche Fragen und Aufgaben. Man diskutiert pragmatisch Probleme, von denen reichlich existieren. Ich habe das Gefühl, dass deren Zahl ständig zunimmt. Irgendwie scheint uns alles zu entgleiten, die Gesellschaft sich aufzulösen. Gegenwärtig, im späten Frühjahr 1988 ist in der DDR nichts mehr so, wie es vor zehn oder zwanzig Jahren war.

Nun ist das eine Beobachtung, die zu allen Zeiten gemacht wird und die in den albernen, weil unzutreffenden Satz gipfelt: Früher war alles besser. Nein, war es nicht. Seit Monaten schon schwillt die Ausreisewelle an, durch die Stadt fahren Autos mit weißen Bändern an den Antennen. Damit signalisiert der Fahrer, dass er einen Ausreiseantrag gestellt hat. Die Volkspolizei ist angewiesen, gegen die »unerlaubte Standartenführung« vorzugehen. Das heißt, wir sollen die Symptome bekämpfen. Die Ursachen, weshalb die Menschen die DDR verlassen wollen, werden nicht erörtert. Wiederholt streiten wir in unserer Runde darüber, ob es unseres Amtes ist, mit dieser lächerlichen Vorhaltung gegen Autofahrer vorzugehen. Ein weißes Bändchen zur »Standarte« zu erklären: darauf muss man erst mal kommen.

Natürlich weiß inzwischen jeder in der Stadt, was dieses flatternde Stofffitzelchen bedeutet, die Leute sind doch nicht doof, so etwas spricht sich herum, wie inzwischen ebenfalls fast jeder weiß, dass ein großes A am Auto, welches jahrelang für »Anfänger« stand und die anderen Verkehrsteilnehmer um Rücksicht und Verständnis ersuchte, nunmehr ebenfalls eine andere Bedeutung besitzt.

Das von der Bezirksverwaltung des MfS verlangte repressive Vorgehen hat etwas von der Naivität von Kindern, die beim Schließen der Augen nichts mehr sehen und daraus folgern, dass auch sie nicht mehr gesehen werden. Im Sommer vor vier Jahren war die Ständige Vertretung der Bundesrepublik in der Hannoverschen Straße, für die wir auch zuständig sind, erstmals von Besetzern bestürmt worden. Ein reichliches halbes Hundert DDR-Bürger erzwang dadurch die sofortige Ausreise. Das wiederholte sich einige Mal, entspannte sich 1987 ein wenig im Umfeld von Honeckers Staatsbesuch in der BRD, doch danach setzte die Absatzbewegung mit neuer Heftigkeit ein: Die – gewiss überzogenen – Erwartungen vieler DDR-Bürger, welche sie an Erichs Reise geknüpft hatten, erfüllten sich nicht. Sie sahen sich ent- und getäuscht. Seit Jahresbeginn häuften sich über hunderttausend Ausreiseanträge in der Abteilung Inneres. Das ist eine ganze Großstadt von der Dimension Jenas oder Dessaus. Oder wie Radebeul, Rudolstadt und Rathenow zusammengenommen. Die Abstimmung mit den Füßen strebt einem neuerlichen Höhepunkt zu. Und wir machen Jagd auf weiße Bändchen.

Und auf einen barbarischen Kindesmörder.

Ich greife mir die Papiere aus Christels Ablage und verschwinde in mein Büro. Wie immer haben Ermittler, Kriminaltechniker, Gerichtsmediziner und Abschnittsbevollmächtigte solide gearbeitet. Minutiös wurde alles dokumentiert, sie haben mit ganzem Einsatz gearbeitet – in summa aber ergebnis- und erfolglos: Der Täter ist noch auf freiem Fuße.

Mich interessieren vor allem die Tatumstände und -merkmale. Wie ist das Kind verschwunden und wo lag der Leichnam? Wo finden sich Parallelen und Analogien, was ist anders? Auch bei solchen Ermittlungen muss man in alle Richtungen offen sein und sich nicht von vornherein auf eine Variante festlegen, die man dann alternativlos verfolgt. Das führt objektiv dazu, dass man alle Fakten aufnimmt, die die eigene Annahme stützen, und dazu neigt, die widersprechenden zu ignorieren oder mindestens zu vernachlässigen. Das weiß ich aus eigenem Erleben. Darum suche ich bei der Lektüre der Ermittlungsunterlagen von 1987 nicht nur nach Punkten, die die These stützen, wir hätten es mit einem Serien- oder Wiederholungstäter zu tun, sondern auch nach solchen, die ihr widersprechen oder sie gar ausschließen.

Beim Überfliegen finde ich nur Momente, die die These vom Wiederholungstäter stützen. Die Kinder verschwanden unbemerkt und spurlos, niemand hat etwas Auffälliges beobachtet. Die Jungen waren etwa im gleichen Alter und, als man ihre Leichen im Keller fand, auf gleiche Weise grausam zugerichtet. Bemerkenswert auch der Tag des Verschwindens: der 7. Oktober, der Republikgeburtstag, und der 1. Mai. Arbeitsfreie Feiertage mit viel Volk auf den Berliner Straßen, mit Vergnügungen aller Art. Und in diesem Gewimmel waren sie verschwunden, in beiden Fällen nach einer Kremserfahrt.

Wieso »nach«? Nach der Fahrt war ihr Verschwinden bemerkt worden. Das traf zu. Aber konnten sie nicht schon davor, also während der Fahrt, verschwunden sein?

Streichelzoo für Kinder am Rande vom Volksfest

Dem stand die Aussage des Fuhrunternehmers Kraske entgegen, der nichts bemerkt haben wollte. Die Kinder hätten auch nichts gesagt, gab er zu Protokoll.

»Christel, kannst du mal bitte kommen.«

Die Perle aus dem Vorzimmer schwebt herein. »Noch Kaffee, Chef?«

»Ich frage Sie jetzt als Mutter, die sich mit Kindern gewiss besser auskennt als unser einer: Wie würden Sie reagieren, wenn einer aus ihrer Mitte entfernt werden würde? Oder weniger abstrakt gefragt: Auf einem Kremser sitzen zehn Mädchen und

Jungen, die sich fremd sind und nicht kennen. Der Zufall hat sie zusammengeführt. Der Wagen rollt durch die Straße, dann tritt ein Mann heran, hebt einen Jungen über die Planke. Die anderen werden darauf wohl kaum eingehen: sie glauben, es sei der Vater oder ein Verwandter. Und selbst wenn sie nicht so weit denken sollten, wovon auszugehen ist: Was stört es sie? Der Junge ist ihnen unbekannt, er interessiert nicht.«

Christel D. mustert mich nachdenklich. Ich sehe es an ihren Augen, was in ihrem Kopf vorgeht. Und wie erwartet stellt sie die Frage: »Und der Junge? Fügt er sich in sein Schicksal, von einem wildfremden Mann vom Wagen gehoben zu werden? Weshalb lässt er sich das schweigend gefallen? Warum strampelt und ruft er nicht?«

»Woher wissen wir, das er es nicht tat?«, entgegne ich. »Der Täter – angenommen, dass es so geschehen sein könnte – wird ihm den Mund zugehalten haben. Und ehe es jemand bemerkt hat, ist er mit dem Jungen in der Menschenmenge untergetaucht und in einen Keller verschwunden …«

»Die beiden Fundorte sind auch die Tatorte?«

Ich nicke.

»Die Hufelandstraße ist aber rund 200 Meter von der Dimitroffstraße entfernt.«

»Vielleicht gibt es dafür eine ganz einfache Erklärung: Der Kutscher ist im Oktober eine andere Strecke gefahren. Also die Greifswalder runter, dann in die Hufelandstraße und wieder die Bötzowstraße hoch, am Stierbrunnen vorbei. Da ist auch nicht so viel Verkehr ... Steht dazu nichts im Bericht?«

Ich blättere in der Zusammenfassung und finde keinen Hinweis auf Kraskes Route. Wobei das nebensächlich erscheint. Wesentlich scheint die Vermutung, dass die Jungs vom Wagen gekidnappt wurden, ohne dass es der Kutscher bemerkt hat. Trifft ihn eine Mitschuld im Sinne der vernachlässigten Aufsichtspflicht? Ich wische den Gedanken beiseite. Unsinn. Wir leben doch nicht im Wilden Westen, sondern in einem Land, das gemeinhin als kinderfreundlich gilt. Weshalb sonst vertrauten Eltern ohne Arg ihr Kind einem fremden Kutscher an und lassen diesen eine Stunde mit ihren Sprösslingen allein um die Häuser fahren? Das macht man doch nur, wenn man sich absolut sicher ist, dass nichts Unvorhergesehenes geschieht. Und dafür den Mann zu belangen? Der war doch selbst Opfer, sofern sich die Entführung so zugetragen hat, wie ich vermute. Und er ging – wie die Eltern – davon aus, dass er auf den Straßen Berlins absolut sicher sei. Von Entführungen oder Kindsmorden las man in keiner Zeitung.

Sicherheit ist zu großen Teilen ein psychisches Problem. Ein Bekannter, der regelmäßig dienstlich im NSW unterwegs ist, erzählte mir mal von seinen Beobachtungen, die er an sich bei seiner ersten Reise gemacht hatte. Er habe sich auf keine Bahnhofstoilette getraut, weil er fürchtete, hinter der Tür könnte ein Drogentoter mit einer Nadel im Arm liegen: Er kannte diese abstoßenden Bilder aus unseren Zeitungen.

In der U-Bahn klemmte er seine Tasche fest zwischen seine Beine: Er wusste von der hohen Kriminalitätsrate im Westen, die wurde schließlich regelmäßig in der »Aktuellen Kamera« vermeldet. Durch die Straßen lief er mit starrem Blick, nicht rechts und links schauend, um nicht dem verführerischen Gesang der Sirenen zu erliegen. Nach drei Tagen etwa war ihm jedoch bewusst geworden, dass die Menschen – zumal sie in seiner Sprache redeten – nicht grundsätzlich anders waren als seine deutschen demokratischen Landsleute. Er sah keinen Junkie, weder tot noch lebend, niemand stahl ihm die Tasche, und unanständige Angebote waren auch ausgeblieben. Dass bedeutete doch nicht, dass es dies alles nicht gab, natürlich traf alles zu, was ihm die heimatlichen Medien mit auf dem Weg gegeben hatten. Aber sie hatten die Nachrichten zweckdienlich und aus propagandistischen Erwägung ein wenig überbetont und in den Vordergrund gestellt. Warum auch sollten sie die schnellen Autos, die schicken Geschäfte und vollen Auslagen zeigen, das machte das Westfernsehen doch schon selbst. Wie dieses eben vorzugsweise die Dreckecken, Schlaglöcher und Schlangen vor HO- und Konsum-Kaufhallen zeigte.

Die Sicherheit ist in der Regel stets ein Gefühl, das sich aus eigener Erfahrung und aus anderen Quellen speist. Und wenn in der Tagespresse selten bis nie von Gewaltverbrechen zu lesen ist, leben die meisten Leser in der Gewissheit, dass diese in der DDR so gut wie nicht mehr vorkommen. Das war im Übrigen ein Grund, dass für die beliebte Adlershofer TV-Serie »Polizeiruf 110« pro Jahr nur eine bestimmte Zahl Morde bewilligt wurde. Meist dominieren weniger schwere Delikte wie Einbruch, Erpressung, Betrug, Diebstahl und Jugendkriminalität, auch Alkoholismus und Vergewaltigung wurden thematisiert. Mord war die Ausnahme, nicht die Regel im Fernsehen.

»Chef, es ist gleich 9 Uhr«, ruft Christel aus dem Vorzimmer.

Ich habe verstanden.

Gerd S. ist eine halbe Portion, wie der Berliner sagt. Die Schultern schmal, die Arme baumeln neben einem schmächtigen Körper. In dem blassen Gesicht sitzt eine zu große Nase, und diese thront über einer Hasenscharte. Ein Adonis ist der Lagerarbeiter wahrlich nicht. Die Tätigkeit war ihm nach seiner Entlassung aus dem Strafvollzug zu Beginn des Jahres zugewiesen worden.

S. saß mehrere Jahre ein, weil er ein Mädchen vergewaltigt hatte. Das Gericht urteilte gemäß § 121 des Strafgesetzbuches. Im Knast war er nur der »Kinderficker«, in der Hierarchie der Häftlinge bedeutete das die unterste Stufe. Er wurde geschnitten und gemieden.

Gerd S. war bereits als Kind wegen seiner gespaltenen Oberlippe gehänselt worden. In der Schule blieb er Außenseiter, nie fiel er durch besondere Leistungen auf, weder im Unterricht noch beim Sport. Die hellste Kerze auf dem Kuchen war er ohnehin nie. Während der Ausbildung im Kabelwerk Oberspree bekam er auch kein Bein auf den Boden. Wenn die anderen Lehrlinge bei Betriebsfesten oder in der Disco rumknutschten, hatte er stets das Nachsehen. Nie interessierte sich ein Mädchen für ihn, nicht mal die unansehnlichen, die keinen Kerl abbekamen. Obgleich es hieß, dass jeder Topf seinen Deckel findet, schien selbst diese platte Volksweisheit für ihn nicht zu gelten. Eines Tages hatte er sich schließlich an einer »Kindfrau« vergangen, um endlich einmal zu erfahren, wie »das« ist. Ihm sei es nicht darum gegangen, so hatte der Gutachter bei Gericht entlastend ausgeführt, Macht über einen schwächeren Menschen zu erlangen, ihn zu demütigen, um die jahrelang erfahrenen eigenen Demütigungen zu kompensieren. Er habe eine Erfahrung machen wollen, die seine Geschlechtsgenossen schon vor Jahren längst gemacht hatten.

Das Mädchen wohnte in der Nachbarschaft, er, Gerd S., hatte es regelmäßig beobachtet, mitunter vorsichtig gegrüßt und angelächelt, wenn er ihm auf der Straße begegnete. Manchmal lächelte sie zurück, was ihm fast wie eine Einladung erschien. Auch an jenem Abend war das so. Die Dunkelheit senkte sich bereits hernieder, die Straße war menschenleer, als er sie ins Gebüsch in der Parkanlage zog. Das Mädchen hatte sich gewehrt und wild um sich geschlagen, und als seine Hand nicht mehr ihren Mund verschloss, rief sie laut um Hilfe. Da ließ er erschreckt von ihr ab.

Bereits der Versuch einer Vergewaltigung ist in der DDR strafbar, was aber für die Mithäftlinge von S. ohne Belang ist. Er ist für die Dauer seines Aufenthalts für sie der geschmähte Kinderficker. Was ihm am Ende fast lieb ist: Ihm wurde eine Tat zugeschrieben, die er nicht begangen hatte. Selbst in dieser Hinsicht, sagte er sich, grübelnd auf der Gefängnispritsche liegend, sei er ein Versager. In den Augen der anderen war er – angesichts dieser Titulierung – erfolgreich gewesen. Ein mehr als fragwürdiger »Erfolg«, aber immerhin.

Für die Ermittler steht Gerd S. jedenfalls auf der Liste der Sexualstraftäter und wird darum von ihnen aufgesucht. Dass er sich nicht an kleinen Jungs vergriffen hat und darum ein anderes Täterprofil aufweist als der gesuchte Gewalttäter, ist unerheblich. Alle heißt alle, und deshalb klingeln zwei Männer an der Tür von Gerd S. und fragen, was er am 1. Mai getan habe und ob er dafür Zeugen benennen könne. Das kann er: Er war den ganzen Tag über auf der Datsche seiner Mutter.

So geht es nahezu bei allen einschlägig Vorbestraften, die im gesamten Stadtgebiet nach und nach von Kriminalisten, Schutzpolizisten und Abschnittsbevollmächtigten aufgesucht und befragt werden. Die meisten haben ein nachprüfbares Alibi und/oder andere sexuelle Präferenzen. Ein gewalttätiger Kinderschänder ist jedenfalls nicht darunter.

Die Morduntersuchungskommission I und weitere in die Ermittlungen eingebundene Kriminalisten sind über den Befund nicht traurig: Sie arbeiten nach dem Ausschlussprinzip, und je mehr potenzielle Kandidaten aussortiert werden, desto überschaubarer wird das Personaltableau. Dieses Prinzip setzt allerdings darauf, dass sich in diesem Kreis auch der gesuchte Täter befindet. Denn ist er außerhalb, nämlich nicht erfasst, kann reduziert und ausgedünnt werden wie man möchte: Man findet ihn auf diese Weise nicht.

Die Wochen und Monate verrinnen, nicht der Ansatz einer erfolgversprechenden Spur ist zu entdecken. Die Stimmung bei den Ermittlern ist trübe und gereizt, wie sie es auch bei ihren Vorgesetzten ist. Natürlich gehen das Leben und die Arbeit weiter, es gibt ständig neue Fälle aufzuklären, wenn auch nicht von dieser Dimension. Der Druck von den politischen Instanzen ist allerdings nicht übermäßig, weil kein Jahrestag oder Parteitag dräut. Es hat sich die Unsitte auch bei der K eingeschlichen, solche Jubeltage als Zielmarke zu nehmen. Wie sich

Arbeitskollektive in den volkseigenen Betrieben verpflichten, bis zum bekannten Datum mehr zu produzieren als der Plan vorsieht, so versprechen üblicherweise die Genossen Kriminalisten, zu Ehren des Parteitages oder des Republik Geburtstages diesen oder jenen Fall abzuschließen.

Postulate dieser Art sind albern, weil ohnehin alle vom Ehrgeiz getrieben werden, die Ermittlungen so rasch wie möglich zum Ziele zu führen. Da bedurfte es keines besonderen Datums im Kalender und der Vermahnung der Vorgesetzten. Es war aber Volkssport in der DDR, sich zu solchen Anlässen zu erklären und zu verpflichten. Also halten es auch die Kriminalpolizisten so.

Der letzte Parteitag liegt zwei Jahre zurück, der nächste soll erst 1990 stattfinden. Wir bewegen uns also dazwischen, und der 40. Jahrestag der DDR ist noch in weiter Ferne. An den XI. Parteitag von 1986 kann ich mich noch gut erinnern, unangenehm allerdings. Ich war damals mit einem Vorgang konfrontiert, der sich nur bei uns so zutragen konnte, wie er sich zutrug.

Drei Delegierte aus Thüringen waren in Berlin unterwegs, um die Hauptstadt auf eigene Faust zu erkunden und die freie Zeit auf ihre Weise zu genießen. Spät in der Nacht kehrten sie, nicht mehr ganz nüchtern, in ihr Quartier zurück. Das befand sich im hoch aufragenden Interhotel »Stadt Berlin« am Alexanderplatz.

Nun waren solche Zusammenkünfte und Großveranstaltungen stets Anlässe zur Herstellung erhöhter Sicherheit, wie das hieß, weshalb mehr Polizisten in der Stadt unterwegs waren als sonst üblich. So nahm es nicht wunder, dass die drei Thüringer, beflügelt von der Parteitagsstimmung und etlichen Glas Wein oder Bier, singend auf eine Polizeistreife stießen. Und zwar in der Rathauspassage am Fuße des Fernsehturms.

Die Ordnungshüter wünschten die Ausweise zu sehen, die ihnen von den Genossen diszipliniert ausgehändigt wurden. Da nichts zu beanstanden war – außer dem Gesang, den sie zu unterlassen aufgefordert wurden –, setzten die drei Frohnaturen ihren Weg wankend fort. Nur wenige Meter weiter, unter der S-Bahnüberführung, stellte sich ihnen eine zweite Streife in den Weg und verlangte Einblick in die Personaldokumente zu nehmen. Auch dieser Bitte kamen sie pflichtschuldig nach, wenngleich die Männer, durchaus mit einem Anflug von Heiterkeit, die finster dreinblickenden Polizisten darauf aufmerksam machten, bereits vor wenigen Minuten dergleichen Prüfung unterzogen worden zu sein.

Die Polizisten gaben nach Prüfung die Ausweise zurück und setzten ihre Patrouille fort. Die Thüringer, das Hotel schon vor Augen, strebten zügig ihrem Obdach zu. Doch alsbald baute sich vor ihnen ein weiteres Mal ein doppeltes Kontrollorgan auf und forderte, dass sich die drei auswiesen.

Nun reicht's, sagten die drei Genossen, inzwischen frei von jeglicher Heiterkeit. Eine dritte Kontrolle auf solch kurzer Distanz sei des Guten ein wenig zu viel – revolutionäre Wachsamkeit hin oder her. Nun ist Schluss.

Die nun einsetzende Konversation wurde zunehmend lauter und nahm an Schärfe zu, bald hoben sich die Hände und wurden zum Gemenge, worauf die Staatsmacht sich angegriffen fühlte und kurzerhand die drei verhaftete. Sie wurden »zugeführt«, das heißt über die Straße in die Keibelstraße gebracht, wo ich sie – da ich Dienst hatte – arretieren, also einsperren sollte.

Die drei Parteitagsdelegierten, inzwischen stocknüchtern, fügten sich in ihr Schicksal, schließlich waren es gute Genossen, denn sonst wären sie nicht aus Thüringen zum Parteitag nach Berlin delegiert worden. Ich hingegen fügte mich nicht und trat der Feststellung, hier sei Widerstand gegen die Staatsgewalt geleistet worden, keinen Zentimeter näher, sondern entgegen.

Ich wählte die Nummer, die uns für den Fall gefährdeter Sicherheit des Staates ausgehändigt worden war. So und so, Genosse, sagte ich und schilderte den Vorfall und das mir aufgegebene Ansinnen, drei Bürger aus Thüringen, Parteitagsdelegierte zumal, nur darum einzulochen, weil sie es leid gewesen seien, binnen kurzem sich dreimal ausweisen zu müssen. Und das ohne erkennbare Not oder zwingenden Anlass. Von wegen Widerstand und Angriff auf die Staatsmacht, so ein Unsinn.

Der Mann vom MfS am anderen Ende der Leitung lachte, sagte, dass ich die drei ins Bett schicken solle, aber vorsichtshalber in Begleitung, sonst verlange man vielleicht noch ein viertes Mal nach ihren Papieren …

Aktuell also bleibt der politische Druck aus, wenngleich die Spannung von Woche zu Woche im Hause zunimmt. Vokabeln wie Unfähigkeit und Ablösung machen die Runde. Auf Major Hubert Winnegge, den Leiter der K in der Inspektion Prenzlauer Berg, das erste Glied in der langen Kette der Zuständigen, richtet sich vornehmlich das Feuer, er fürchtet, das Bauernopfer zu werden, obgleich doch die beiden Fälle längst ein »Brennpunkt Kremserfahrt« in überörtlicher Verantwortung und Fahndung sind. Weil aber alles miteinander verflochten ist und, wie gesagt, kein politisches Ereignis vor der Tür steht, bleibt es bei Verbalinjurien.

Als sich der Sommer neigt und der 39. Jahrestag der Republik näher rückt, wird eine Idee geboren. Wer ihr Vater und ihre Mutter sind, lässt sich nicht mehr feststellen. Natürlich melden später viele die Urheberschaft an, man kennt das ja: Der Erfolg hat viele Väter, der Misserfolg hingegen ist Vollwaise. Doch diese Eitelkeiten sind hier fehl am Platze.

Jedenfalls greift die Überlegung Raum, am 7. Oktober eine Falle aufzubauen. Alles soll laufen wie immer, auch die Pferde und Bauer Kraske. Und entlang der Route sollen Hunderte Aufpasser in Zivil postiert sein, die den Kremser nicht aus den Augen lassen werden. Denn warum, so der keineswegs abwegige Gedanke, soll diese »Drecksau« – so inzwischen seine keineswegs salonfähige interne Titulierung – nicht erneut aktiv werden?

Bauer Kraske steht auf dem Hof, als ich mich aus dem Lada schwinge. Er mustert mich durch schmale Augenschlitze, die gleichsam in sein braunes, wettergegerbtes Gesicht gehauen sind. Wir kennen uns nicht, wir haben uns noch nie persönlich getroffen. Er geht auf Distanz, als ich nähertrete. Obgleich er doch stehenbleibt und abwartet. Ich bin ein Fremder, aber vielleicht bin ich auch ein Kunde, der ihn als Fuhrunternehmer buchen will. Er steht und wartet.

»Tach«, sage ich und strecke meine Hand vor. »Oberstleutnant der K, Romahn.«

Kraske zögert, ehe er seine Rechte reicht. Sie ist hart und schwielig, ich spüre es. Um als Bürohengst nicht ganz in seiner Achtung zu sinken, drücke ich meine Hand so fest zusammen, wie es eben geht. Ich sehe ein Blinken in seinen Augen, nur ein kurzes Flackern. Er hat es gemerkt.

»Tach ooch«, antwortet Kraske. Was es denn nun schon wieder gebe. Er habe doch alles gesagt. Für ihn ist klar, dass ich wegen der beiden toten Jungen gekommen bin, was denn sonst? Er fragt aber nicht, ob wir den Täter gefunden haben. Auch das scheint er zu ahnen.

»Wir haben ihn noch nicht«, sage ich, weil ich seine Gedanken lesen kann. Das gehört zu meinem Handwerk. Ich kann mitunter in den Kopf meines Gegenübers schauen und sehen, was er denkt. Das ist natürlich physisch unmöglich, hinter der Stirn ist außerdem nur graue Masse. Doch in der Pupille, in der Mimik, aus dem, was einer nicht sagt und wie er das tut, schließe ich, was ihm durch den Kopf geht. Das hat mit Logik und mit Erfahrung zu tun.

Kraske schiebt seine Mütze in den Nacken und kratzt sich an der Schläfe. »Habe ich vermutet«, meint er lakonisch. »Sonst hätte es in der Zeitung gestanden.«

»Meinen Sie wirklich …«

Er schaut mich an, um die Augen bilden sich Lachfältchen. Und grient. »Nee, nicht wirklich.«

Wir verstehen uns auf Anhieb.

»Also, wat willste, Jenosse?«

»Deine Hilfe.«

Mir geht das Du leicht von den Lippen. In der Inspektion duzen sich alle. »Sie« hingegen ist eine subtile Form der Verachtung und von erkennbarer Distanzierung. »Mit dem macht man sich nicht gemein«, heißt das. So gesehen sind wir in den Umgangsformen den Skandinaviern ähnlicher als den Westdeutschen, die auf Etikette und Titel gesteiger-

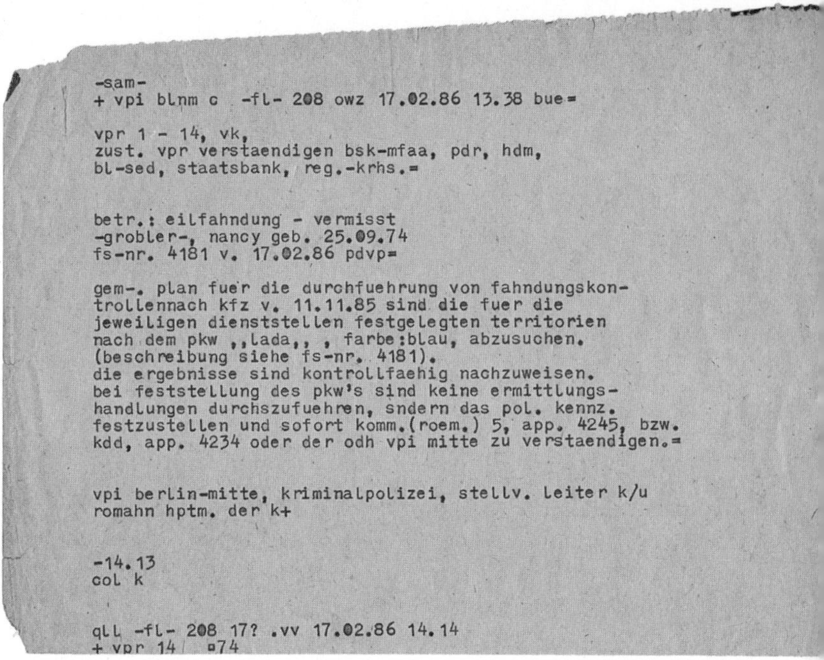

```
-sam-
+ vpi blnm c  -fl- 208 owz 17.02.86 13.38 bue=

vpr 1 - 14, vk,
zust. vpr verstaendigen bsk-mfaa, pdr, hdm,
bl-sed, staatsbank, reg.-krhs.=

betr.: eilfahndung - vermisst
-grobler-, nancy geb. 25.09.74
fs-nr. 4181 v. 17.02.86 pdvp=

gem-. plan fuer die durchfuehrung von fahndungskon-
trollennach kfz v. 11.11.85 sind die fuer die
jeweiligen dienststellen festgelegten territorien
nach dem pkw ,,lada,, , farbe:blau, abzusuchen.
(beschreibung siehe fs-nr. 4181).
die ergebnisse sind kontrollfaehig nachzuweisen.
bei feststellung des pkw's sind keine ermittlungs-
handlungen durchszufuehren, sndern das pol. kennz.
festzustellen und sofort komm.(roem.) 5, app. 4245, bzw.
kdd, app. 4234 oder der odh vpi mitte zu verstaendigen.=

vpi berlin-mitte, kriminalpolizei, stellv. leiter k/u
romahn hptm. der k+

-14.13
col k

qll -fl- 208 17? .vv 17.02.86 14.14
+ vpr 14 / ¤74
```

Fernschreiben vom 17. Februar 1986, 13.38 Uhr; gesucht wird die vermisste elfjährige Nancy Grobler

ten Wert legen. Liegt wohl am Klassenunterschied, der auch in der Anrede hörbar werden soll. Nicht mal die steifen Briten machen das. Dem gesprochenen »you« merkt man nicht an, ob es groß oder klein geschrieben ist.

»Oha, wie dat denn?« Kraske fingert aus der Brusttasche seiner Latzhose eine Schachtel. Er schnippt eine F 6 zur Hälfte heraus und hält sie mir unter die Nase. Ich lehne dankend ab. Ungerührt steckt er sich die Zigarette zwischen die Lippen und zündet sie mit einem Streichholz an. Obgleich

Windstille herrscht, legt er schützend die Hand um die Flamme. Ich schaue ihm zu, wie er den Kopf neigt, genussvoll den ersten Zug inhaliert und dann den Qualm ausstößt. Dann geht Kraske wieder auf Empfang.

»Bist du am 7. Oktober wieder unterwegs?«, beginne ich vorsichtig.

»Du meinst mitm Kremser?«

Ich nicke.

»Klar doch. Da wär ich doch ziemlich blöde, würd ich auf die Kohle verzichten. Ist doch wieder Remmidemmi, wa?« Kraske lässt keinerlei Irritation erkennen, ihm scheint es nichts auszumachen, dass zwei Ausfahrten in Berlin, nun ja, nicht gerade von Sonnenschein begleitet worden sind. Im metaphorischen Sinne.

»Selbe Route wieder?«, erkundige ich mich.

»Selbe Route.« Kraske zieht an der Zigarette. Wartet. »Worauf willste hinaus, werd ma deutlich.«

Ich grinse, weil er mich durchschaut hat.

»Wir wollen, dass du deine Runden drehst wie immer. So, als sei nie etwas passiert. Du lädst die Kinder auf den Kremser, kassierst die Eltern ab und läufst mit dem Gespann durch den Kiez. Wie immer.«

»Woher weeßte, det ick latsche un nich offn Bock hocke? Du hast mich doch noch nie jesehn.«

»Aktenstudium«, sage ich. »Steht alles in den Vernehmungsprotokollen.«

»Ach so«, sagt Kraske, und das klingt ein wenig nach Enttäuschung. Ich kann also doch nicht Gedanken lesen, sondern nur Akten. »Und dann?«

»Warten wir, ob er wieder zuschlägt.«

Kraske zieht an der Kippe. »Ich soll für euch also den Lockvogel spielen?«

»Nicht ›für euch‹, sondern für alle, ich eingeschlossen. Wir müssen den Kerl endlich aus dem Verkehr ziehen.«

Der Bauer nickt. Es sei blamabel, sagt er, dass die vereinte Staatsmacht nicht in der Lage sei, ein solches Schwein zur Strecke zu bringen.

Natürlich hat Kraske recht. Doch wir haben keinerlei Anhaltspunkte, keine Hinweise von Zeugen, nichts. Entweder kommt uns noch Kollege Zufall zu Hilfe – oder wir stellen am 7. Oktober eine Falle auf und setzen auf Glück. Unser Instrumentarium ist ausgeschöpft, und fast ist man verzweifelt zu glauben geneigt, es gebe vielleicht doch das perfekte, weil unentdeckte Verbrechen.

»Und wenn er nich kommt?«

»Dann sind wir richtig am Arsch«, sage ich. »Doch darüber sollten wir uns erst am Abend des 7. Oktobers Gedanken machen, wenn der ganze Aufwand umsonst gewesen sein sollte.«

Kraske wirft die Kippe zu Boden und tritt sie aus. Die Turnschuhe scheint er bereits Jahrzehnte zu tragen.

»Welcher Aufwand?«

»Logistisch, personell … An der Strecke werden mehr Polizisten unterwegs sein als Unbeteiligte. In Zivil natürlich, einzeln oder in Familie. In jedem Hauseingang an der Strecke werden wir stehen, hinter den Gardinen in unzähligen Wohnungen. Du und dein Kremser werden von Hunderten Augenpaaren verfolgt werden, jeden Schritt, jedes Räuspern, jeden Furz werden wir dokumentieren. Sobald sich jemand deinem Wagen nähert, werden wir zugreifen. Sei versichert: Es wird sich nicht wiederholen, was am 7. Oktober vorigen Jahres und am 1. Mai geschah.« Ich hebe theatralisch die Schwurhand: »Großes Ehrenwort.«

»Lass stecken«, sagt Kraske. »Damit scherzt man nich.«

Er schaut, den Kopf leicht in den Nacken gelegt, in unbestimmte Ferne. Vom Dorfteich schreien die Gänse, ihr Lärm bricht in die ländliche Stille. Es heißt, dass Gänse im alten Rom Alarm geschlagen hätten, als die Kelten sich anschickten, die Stadt zu erobern. Gewiss eine ausgedachte Geschichte, die aber, weil oft erzählt, irgendwann aufgeschrieben wurde und darum als verbürgt gilt. Aber wundern würde es mich nicht, wenn sie sich so zugetragen hätte. Laut genug sind die Vögel ja.

Kraske hört sie auch. »Die sin wachsamer alsn Hund«, wirft er ein. »Vielleicht sollte ick am 7. Oktober een paar Jänse mit nach Berlin bringen? Wejen dem Mörder.«

Ich lache etwas gequält. »Und anschließend hauen wir sie in die Pfanne oder auf den Grill, was?«

Mich trifft ein amüsierter Blick. »Vom Braten haste ooch keene Ahnung, wie ick sehe. Mann, sone Gans brauch sechs bis acht Stunden, eh se durch ist. Wie oft willste da Holzkohle nachlejen?«

Kraske hat meine Achillesferse getroffen. Vom Kochen und Braten habe ich nun wirklich keine Ahnung, die Küche zu Hause ist terra incognita für mich. Meine Frau muss mich als Topfgucker nicht vertreiben, ich habe noch nie dergleichen Neugier verspürt. Ich wechsle darum rasch das Thema.

»Und, machst du's?«

»Was?«

»Na, die Sache am 7. Oktober.«

»Ha'ck abjelehnt?«

In meinen Ohren klingt das wie »Habe ich denn eine Chance abzulehnen?«, doch vielleicht reagiere ich an dieser Stelle überempfindlich. Natürlich kann Kraske ablehnen, doch ohne seine Zustimmung würde ich nicht nach Berlin zurückkehren. Wenn er sich gesperrt hätte, wäre ich mit meiner ganzen Beredsamkeit so lange in ihn gedrungen, bis er nicht anders gekonnt hätte, als Ja zu sagen.

Ich nehme Kraskes unbestimmten Satz auf. »Das heißt, wir können mit dir rechnen?«

Kraske zögert ein wenig. Ihm kann nichts geschehen, egal, ob er sich auf uns einlässt oder verweigert. Er ist ein freier Mann, frei in seiner Entscheidung.

Und wenn er mitmacht, bleibt es ebenfalls folgenlos, unabhängig davon, ob der Täter gestellt wird oder gar nicht auf den Plan tritt. Kraske weiß das, ich weiß es. Und wir wissen, dass es vielleicht die einzige Chance ist, die wir haben. Was, wenn der Kerl an einer anderen Stelle und zu einer ganz anderen Zeit zuschlägt? Sein Verhalten ist nicht vorhersehbar. Lässt er immer ein halbes Jahr verstreichen, oder werden die Fristen kürzer? Verdrängt der psychische Druck – sofern existent – das kühle Kalkül? Was, wenn er kein Triebtäter ist, sondern einer, der im Affekt oder spontan handelt, aus einer Laune heraus, einem zufälligen Reflex folgend? Unsere Psychologen zermartern sich schon seit Wochen das Hirn und können sich nicht für eine Option entscheiden. Der Kindermörder bleibt ihnen ein Rätsel wie uns allen.

»Ick mach mit, klar doch«, grunzt Kraske. »Müssen wir vorher noch wat besprechen? Oder reicht's, wenn ick wie üblich uffm Platz vorm Thälmann vorfahr?«

»Vielleicht sollten wir uns kurz vorher abstimmen. Entweder hier bei dir auf dem Hof oder vorm Thälmann-Park. Auf keinem Fall auf dem Platz, denn es ist möglich, dass der Täter bereits dort sein könnte und dich und den Kremser beobachtet.«

Kraske nickt. Meldest du dich?«

»Ja. Hast du einen Telefonanschluss, kann ich dich anrufen?«

Der Bauer lacht kurz auf. »Wo lebst du denn? Musst im Konsum bei meiner Frau anrufen und Bescheid jeben. So hält et det janze Dorf.«

Es ist Freitag und Nationalfeiertag. Der 39. in der Geschichte der DDR. Die Republik feiert Geburtstag. Seit einigen Jahren spricht man offiziell vom »Nationalfeiertag«. Der erste Mann im Lande war in den 70er Jahren zur Überzeugung gelangt, dass in der Republik eine eigenständige Nation entstünde, ja, sich vielleicht sogar schon entwickelt habe. Die meisten Wissenschaftler sehen das ein wenig anders. Zu kurz die Zeit, zu stark die Verflechtung mit dem zweiten deutschen Staat. Perspektivisch vielleicht, in fünfzig oder in hundert Jahren. Aber wer wisse schon, was dann sein werde. EH meinte jedoch, der Geschichte ideologisch auf die Sprünge helfen zu können. Und darum: »Nationalfeiertag«.

Aus dem Fernsehgerät dröhnen die Glockenschläge der Uhr am Roten Rathaus. Auch das hat man sich von Moskau abgeschaut. Schlag zehn vom Spasski-Turm am Kreml erscheint die sowjetische Partei- und Staatsführung auf dem Lenin-Mausoleum. Die unsrige steht bereits auf der Tribüne an der Karl-Marx-Allee, wenn es 10 Uhr läutet. Die Straße ist gesäumt von fähnchenschwenkenden Zuschauern. Der Kommandierende der Ehrenparade, im offenen Tschaika stehend, macht Meldung an den Minister. Dann rollen beide Limousinen die

Allee hinunter, vorbei an den wartenden Truppenteilen, die der Minister begrüßt und beglückwünscht: »Genossen Soldaten, Unteroffiziere, Fähnriche und Offiziere …« Nach dem dreifachen Hurra setzt kurz die Marschmusik ein, die beiden Fahrzeuge rollen zum nächsten Block. »Genossen Offiziersschüler …« Ich kenne das Zeremoniell und stelle den Ton leiser. Dazu muss ich mich erheben und den Knopf am TV-Gerät drehen. Die Jungs haben wochenlang mit ihren Stiefeln das Pflaster bearbeitet, der kollektive Tritt ist wie aus einem Guss. Hinterher, auf dem Alex, gibt es Blumen und Küsschen für die Soldaten. Das Volk herzt seine Volksarmisten.

Für uns findet das heute wichtigste Ereignis einige Kilometer weiter nördlich statt. Die Führung wird dann schon längst wieder in Wandlitz sein und EH vermutlich auf der Jagd, es ist ein langes Wochenende. Wir haben alle verfügbaren Polizeikräfte im Prenzlauer Berg zusammengezogen: Kripo, Verkehrs- und Schutzpolizisten, aber auch Mitarbeiter des MfS sind postiert, instruiert und präpariert. Nur wenige tragen Uniform, nur so viele, wie auf Volksfesten üblich. Wären es weniger oder mehr als sonst, fiele das womöglich auf, es soll alles so normal wie gewohnt erscheinen. Die Einsatzkräfte flanieren allein oder mit Freundin oder Familie, und jene, die unauffällig herumstehen, sollten es auch sein: unauffällig. Nicht so demonstrativ unauffällig, wie man es gemeinhin von Observationen durch die Genossen der Staatssicherheit kennt: mit Regenschirm im Stoffbeutel und Anstecker am Revers. Der Liedermacher Stefan Körbel hat in seinem Lied »Beuteltier Uwe« diese unauffällige Uniformität und damit das Organ karikiert. Doch so etwas juckt mittlerweile kaum noch jemanden.

Bauer Kraske hatte ich am Vortag noch einmal in seinem Dorf besucht und mit ihm Details besprochen. Neue Gesichtspunkte sind nicht hinzugekommen, alles soll so ablaufen, wie mit ihm im Sommer verabredet. Sobald sich ein Mann dem Kremser nähert, wird der Zugriff erfolgen. Das Gespann und die Kinder auf dem Wagen werden wir nicht aus dem Auge verlieren, es würde nichts geschehen, nichts, was ihn und uns anschließend bedrücken könnte.

Ich bin weder an der Koordination noch an der Führung des Großeinsatzes unmittelbar beteiligt, die Führung liegt beim Dezernat 5 im Präsidium. Als Leiter der Kriminalpolizei von Mitte bin ich allerdings insofern involviert, als alle meine Leute, an die hundert Personen, in die Maßnahme eingebunden sind. Ich entsinne mich nicht, in den letzten Jahren jemals ein solches Aufgebot zur Ergreifung eines einzelnen Täters erlebt zu haben. Allein dies unterstreicht, welche Bedeutung dem Fall beigemessen wird. Wir können es uns einfach nicht leisten, dass in Berlin ein Serientäter unterwegs ist, auch wenn die Bevölkerung davon nichts weiß.

Die Einsatzleitung vor Ort ist mit der Keibelstraße und mit den an neuralgischen Stellen postierten Polizeikräften per Funk verbunden. Niemand läuft auf der Straße mit einem Knopf im Ohr herum. Die klobigen Funkgeräte befinden sich ausschließlich in Wohnungen.

Zwischen 12 und 13 Uhr rollt Bauer Kraske mit seinem geschmückten Kremser vor. Die Pferde tragen in Mähne und Schweif geflochtene bunte Bänder, am Wagen baumeln nicht nur der Eimer und das Schild, sondern auch einige Sträuße Astern aus Kraskes Garten.

Er lenkt den Wagen an die Stelle, an der er immer seine Passagiere aufnimmt: links auf dem Platz vor Thälmanns gereckter Faust, nur wenige Zentimeter vom Bordstein entfernt. Zunächst passiert nichts. Lotte und der Wallach stecken ihre Köpfe in die umgehängten Hafersäcke und zermahlen mit ihren kräftigen Gebissen die Körner. Das lenkt sie ab, auch wenn das Treiben ringsumher trotzdem aufmerksam von ihnen verfolgt wird. Ihre spitzen Ohren sind ständig in Bewegung, sie stellen sie auf und drehen sie unablässig in alle Richtungen. Kraske holt sich wie gewöhnlich eine Currywurst, wirft das Toastbrot in Lottes Hafersack und isst mit Genuss aus der Hand. Er lässt dabei den Blick über den Platz wandern. Ihm fällt nichts Besonderes auf. Nicht mehr Leute als sonst. Wer von denen ist im Auftrag der

Volksfest vor Neubaukulisse

Polizei da, wer von den Volksfestbesuchern selber Polizist? Und: Ist der Mann, auf den alle warten, darunter? Wird er überhaupt kommen?

Die ersten Erwachsenen mit ihren Kindern treten an den Kremser heran. Sie zahlen die fünfzig Pfennig, die meisten geben mehr. Das hat sich in der DDR so eingebürgert, bei Dienstleistungen stets über den verlangten Preis hinauszugehen, insbesondere wenn er als zu niedrig erscheint. Die meisten Menschen haben mehr Geld in der Tasche, als sie zur unmittelbaren Existenzsicherung benötigen. Und Geld spielt darum auch nicht die Rolle, die es etwa in der Republik nebenan hat. Nun kann man vielleicht einwenden: weil es in der DDR nichts wert ist. Nein, weil es nichts oder eben nur wenig bedeutet. Das macht den Unterschied. Hier gelten andere Werte.

In wenigen Minuten sind die beiden Bänke auf dem Wagen besetzt. Unwillkürlich mustert Kraske aufmerksamer als sonst seine Passagiere. Als müsste er sich jedes Gesicht einzeln einprägen, jede Besonderheit registrieren und in seinem Gedächtnis abspeichern. Ah, die Blonde da hat eine rote Schleife im Haar, und der Junge neben ihr trägt eine blaue Kappe, auf der irgendwelche Initialen eingestickt sind. Die Mütze ist nicht von hier, das sieht man. Aber die Sachen sind von uns, also kein Kind von drüben. Schon eher der Junge neben ihm. Das könnte ein Türke aus Westberlin sein. Die kommen in letzter Zeit häufiger rüber. Trotz des Zwangsumtausches. Es gibt inzwischen, das hat auch Kraske bereits festgestellt, eine gut betuchte Mittelschicht unter den Westberliner Türken, denen die 25 D-Mark Eintrittsgeld nichts ausmacht. Offensichtlich kommt ein Familienausflug in den Prenzlauer Berg billiger als in die Domäne Dahlem oder zum Museumsdorf Düppel.

So geht denn Kraske Kind für Kind durch, fotografiert es mit seinem geistigen Auge und macht sich seine Gedanken. Das sind für ihn Eselsbrücken, wie er meint, Erinnerungshilfen. Man weiß ja nie, wozu es gut ist.

Dann schließt er den Ausstieg an der Rückwand und schiebt den Riegel vor. Ein letzter prüfender Blick, dann greift der Bauer in Lottes Zaumzeug und schnalzt mit der Zunge. Die Tiere ziehen an, der Wagen setzt sich in Bewegung, holpert über den Bordstein und rollt ein kurzes Stück über die Greifswalder Straße, ehe es nach rechts in die Dimitroffstraße geht. Die Hufe der beiden Pferde schlagen rhythmisch aufs Pflaster, vom Platz vorm Denkmal dringt Musik herüber. Zur Rechten taucht das Kulturhaus auf, das mit Galerie und der »Wabe«, der Kleinkunstbühne. Er war noch nie dort, wie er überhaupt seit Jahrzehnten nicht in einem Berliner Theater war. Das ist nichts für Kraske. Er besitzt keinen Anzug, und da er meint, dass Theater etwas Besonderes ist und folglich eine festliche Gewandung benötigt, ist er seit der Schule nie wieder in einem Kulturtempel gewesen. Sie besuchten seinerzeit mit der Klasse einige Male Aufführungen in Berlin, und das gefiel ihm durchaus. Aber in den letzten Jahren fehlte ihm einfach die Zeit und eben der Anzug.

Der Kremser rollt die Straße lang, auf dem Mittelstreifen fährt eine Straßenbahn vorüber. Er mustert aufmerksam den Bürgersteig zur rechten und die Fenster in den Häusern auf der gegenüberliegenden Seite. Kraske meint da und dort jemanden mit Fernglas entdeckt zu haben, sieht Gardinen, die sich bewegen. Aber er kann sich auch täuschen, er ist sich da nicht so sicher. Entgegen seiner Gewohnheit wirft er auch ab und an einen Blick zurück auf den Wagen. Dort hocken die Kinder brav und ruhig. Sie winken den Menschen auf dem Bürgersteig zu, die grüßend ihre Arme heben. Es ist wie immer.

So erreicht das Gespann nach einer Weile die Schönhauser Allee, und als die Ampel auf Grün springt, macht Kraske die Biege und fährt nun parallel zum Magistratsschirm. Hupend bahnen sich die Autos den Weg an ihm vorbei, wobei das Getröte weniger aus der Furcht geschieht, der Wagen könnte auf die linke Spur geraten. Es ist mehr ein freundlicher Gruß an die winkenden Kinder.

Bald schon kommt der Bahnhof ins Blickfeld. Hier ist der Umstieg von der U-Bahn hoch oben in die S-Bahn tief unten möglich, verkehrte Welt. Das Gespann stoppt am Zebrastreifen, die Leute eilen, von Kraske beobachtet, von links nach rechts und von rechts nach links. Auch wenn das Thermometer noch elf, zwölf Grad zeigt und die Sonne vom Himmel strahlt und wärmt, ist es doch zu spüren, dass der Herbst naht. Die Menschen haben die Übergangsmäntel und Jacken aus dem Schrank geholt. Die meisten tragen sie zwar offen, als wollten sie mit freier Brust am Spätsommer festhalten, doch es ist nicht mehr als ein trotziger Versuch, dem Unerbittlichen Paroli zu bieten. Ja, in der kommenden Woche muss er die Kartoffeln rausmachen, dann kommen die Rüben an die Reihe, denkt der Bauer. Zuvor muss er mit dem Pflug über den geräumten Kartoffelacker gehen, eggen und drillen. Die Wintergerste muss bis zum 10. Oktober in den Boden, damit sie noch keimt und treibt, bevor der Winterfrost einsetzt. Im März springt die Vegetation wieder an. Das ist der Kreislauf der Natur, der Kraskes Arbeitsplan diktiert.

Wie er so über die Aufgaben der nächsten Tage nachdenkt, hört er plötzlich Geschrei in seinem Rücken. Aufgeschreckt dreht er sich um. Mehrere Männer knien auf einem am Boden liegenden jungen Mann, sie drücken ihn mit dem Gesicht nach unten auf den Asphalt. Er schreit, man solle ihn loslassen. »Was soll der Scheiß!«, brüllt er vor Wut und Angst, und auf dem Wagen steht ein heulendes Kind und ruft »Papa, Papa.«

Menschen bleiben stehen und starren auf das bizarre Schauspiel. Dreht man hier einen Film, wo sind die Kameras?, steht in den neugierigen Gesichtern der Gaffer geschrieben. Der Auflauf wird in Sekunden größer und größer. Was gibt es da zu sehen, fragen die hinten Stehenden, die überhaupt nichts mitbekommen haben. »Gehen Sie weiter«, fordert ein hinzueilender Polizist in Uniform, »gehen Sie weiter und behindern Sie nicht die polizeiliche Maßnahme!«

Es gibt ja auch nicht viel zu sehen, lediglich einen Mann, der von drei anderen Männern festgehalten wird, und ein plärrendes Kind auf einem Kremser. Was ist das schon? Die Menge verläuft sich. Kraske ist unsicher, wie er sich verhalten soll. Er bleibt stehen und wartet. Sieht, wie die Männer mit dem Festgehaltenen reden und dieser seinen Ausweis aus der Jacke zieht. Während der eine im Dokument blättert, geht der andere zum heulenden Jungen und holt ihn vom Wagen. Am Straßenrand setzen die Männer die Diskussion fort, während sich das Kind an das Bein des Mannes schmiegt und dieser dessen Kopf streichelt. Schließlich löst sich einer der Männer aus der Gruppe und kommt auf den verunsicherten Kraske zu.

»Sie können weiterfahren«, sagt der Glattrasierte und zieht einen Dienstausweis am Lederriemen aus der Tasche. »Das hat alles seine Richtigkeit. Es ist der Vater des Jungen. Er wollte seinen Sohn mit zur S-Bahn nehmen. Deshalb …« Er macht eine Pause. »Scheiße«, bricht es dann aus ihm heraus.

»Det kannste laut sajen«, sagt Kraske. Die haben gewiss gedacht, dass sie ihn nun hätten, den Mörder. Und nun fürchten sie, dass die Nummer geplatzt ist. Denn wenn der Gesuchte die Aktion verfolgt hat, weiß er jetzt, was die Glocke geschlagen hat, und haut ab. Na hallelujah, alles für die Katz, der ganze Aufwand umsonst.

Bauer Kraske zieht an Lottes Zaumzeug, das Gespann setzt sich wieder in Bewegung. Die Kinder haben den Zwischenfall bald schon vergessen. Sie plappern und winken, wie sie es bis vor wenigen Minuten taten.

Wichertstraße, Grellstraße und wieder rechts um die Ecke in die Greifswalder Straße, die S-Bahnbrücke hindurch und schon grüßt »Teddy« Thälmann. Kraske fährt über den Bordstein hinauf zu seinem Stellplatz, dort warten bereits die Eltern auf ihre Kinder. Eine Stunde hat die Rundfahrt gedauert, so wie versprochen. Die mit lautem Hallo begrüßten Sprösslinge hopsen vom Wagen oder werden heruntergehoben. Kein Kind fehlt. Natürlich nicht.

Kraske ist unschlüssig, ob er sofort die nächste Tour starten soll oder nicht. So aber war es mit ihm besprochen: Er soll so oft wie möglich seine Runden drehen, erst wenn die Dämmerung sich herniedersenke, könne er einpacken und nach Hause fahren. Aber so lange werde er bestimmt nicht fahren müssen, hatte ihm gestern noch der Mann von der Kriminalpolizei gesagt und sich siegesgewiss gegeben. Bis dahin hätten sie den Mann, nach dem sie seit einem Jahr erfolglos suchten.

»So«, sagt Kraske und wendet sich an die Eltern, die ihre Kinder loswerden wollen. »Ich trink nur einen Schluck, dann jeht es gleich weita.« Er holt aus seiner auf dem Kutschbock liegenden Tasche eine Flasche Vita Cola, drückt den Hals gegen das Winkeleisen am Fußbrett und schlägt kräftig dagegen. Der Kronkorken fliegt im weiten Bogen davon, brauner Schaum steigt aus der Flasche. Kraske setzt sie an den Mund und lässt es laufen. Nach der Hälfte setzt er ab. Laut und vernehmlich entweicht ihm ein langer Rülpser, er blickt entschuldigend zu den Eltern hinüber, aber die tun so, als hätten sie nichts gehört. Nach einem Moment des Innehaltens trinkt Kraske den Rest der ostdeutschen Antwort auf die Coca Cola der Amerikaner. Die DDR-Brause mit dem herben Geschmack wurde schon vor dem Mauerbau erfunden. Und auch wenn später noch die Club-Cola hinzukam, die angeblich dem Geschmack der Ami-Brause noch näher kommt – was Kraske nicht überprüfen kann –, ist er bei der Vita Cola geblieben. Er hatte sich einfach an deren Geschmack gewöhnt.

Nachdem er die nunmehr leere Flasche wieder in der Tasche verstaut hat, macht er sich ans Kassieren. Er stellt sich neben den Einstieg des Wagens, mit dem vor mehr als anderthalb Jahrhunderten Simon Kremser den öffentlichen Nahverkehr in Berlin begründete. Sein erster Pferdeomnibus fuhr immer vom Brandenburger Tor nach Charlottenburg und zurück, quer durch den Tiergarten auf der Charlottenburger Chaussee. Kremser, das hatte Kraske irgendwo gelesen, war Fuhrunternehmer wie er, allerdings auch preußischer Hofrat. Die Tatsache, dass er als *Königlich-preußischer Kriegscommissarius* unter Blücher wiederholt die Kriegskasse vor Napoleon gerettet hatte, veranlasste die Hohenzollern, das – den Juden in Berlin verweigerte – Bürgerrecht Simon Kremser ausnahmsweise zuzugestehen; Kremsers preußischer Patriotismus bescherte ihm also das

Privileg, ein Fuhrunternehmen in Berlin gründen zu dürfen.

In Kraskes Hosentasche verschwinden die Aluminium-Münzen, die Leute halten das Kleingeld passend bereit, er muss nie wechseln. Dann ist die Fuhre voll, er schließt das Gatter. Die Eltern bleiben winkend zurück.

Nach einer Stunde, die Uhr geht auf 15 Uhr, fährt der Kremser wieder. Unterwegs ist nichts passiert, kein Zwischenfall wie bei der vorhergehenden Tour, rein gar nichts. Kraske fürchtet, dass die heutige Aktion ein Schlag ins Wasser werden wird, und als er sich zum dritten Male auf den Weg macht, hat er den eigentlichen Anlass schon fast vergessen. Er kutschiert seelenruhig wie an allen Tagen, wenn er bei Volksfesten unterwegs ist und nichts zu fürchten hat. Es ist schon eigenartig, wie rasch sich Motivlagen ändern.

Kraske trottet neben den Pferden die Dimitroffstraße hinauf, hat keinen Blick mehr für die Menschen auf den Bürgersteigen und die Aufpasser hinter den Gardinen. Diese dritte wird seine letzte Fuhre sein, dann geht es heimwärts mit vielleicht fast dreißig Mark in der Tasche. Heute lief es besonders gut, kaum einer, der nicht mehr gab als die verlangten fünfzig Pfennige. Ein erfolgreicher Tag, denkt Kraske zufrieden und will diesen gedanklich bereits abhaken und beenden, als Geschrei ihn aus den Träumen reißt. Er schaut zurück. Die gleiche

Szene wie vor zwei Stunden in der Schönhauser. Auf dem Pflaster streckt ein Mann alle viere von sich, auf seinen Armen und Beinen knien vier Männer, zweifellos vier Polizisten. Es klicken Handschellen, dann wird der Mann aus der Waagerechten in die Vertikale gehoben und zum Straßenrand geführt. Wie schon in der Schönhauser kommt einer der Männer zum sprachlosen Kraske, das Gesicht sieht um einiges entspannter aus als das seines Kollegen vor dem S-Bahnhof.

»Wir haben ihn«, sagt er und schiebt ein »Vielleicht« hinterher. »Machen Sie Ihre Fahrt ruhig zu Ende.«

Ich bin noch im Büro, als ich vom Zugriff in der Dimitroffstraße höre. Die Nachricht läuft wie Quecksilber durch die Etagen des Polizeipräsidiums. Die Kollegen, die von dem Großeinsatz rund um dem Thälmann-Park und von den beiden Kindsmorden Kenntnis hatten, sind wie aus dem Häuschen. Den Verantwortlichen fällt eine große Last von den Schultern, obgleich doch noch nicht einmal geklärt ist, ob man auch den Richtigen hat. Aber alle glauben es, weil man es glauben möchte. Er muss es einfach sein!

Ich nehme mich nicht aus. Obgleich ich gemeinhin nur glaube, was ich selber sehe und höre. Mögen andere zu Opfern ihrer eigenen Propaganda werden – ich nicht.

Die Vernehmer der Morduntersuchungskommission I treten auf den Plan. Später liegt mir das maschinengeschriebene Protokoll vor. Ich lese es aufmerksam in meinem Büro:

»Sie heißen?«

»Manuel Schneidereit.«

»Wann und wo wurden Sie geboren?«

»Das steht doch in meinem Ausweis, den Sie mir abgenommen haben.«

»Ich will es von Ihnen wissen. Und sprechen Sie bitte in das Mikrofon, wir zeichnen unser Gespräch auf. Bitte.«

»In Frankfurt an der Oder, am 3. August 1953.«

»Familienstand?«

»Ledig.«

»Haben Sie Kinder?«

»Nein.«

»Geschwister?«

»Nein.«

»Wo leben Sie?«

Er nennt einen winzigen Ort im Oderbruch und die Adresse, eine Loose, wie solche alleinstehenden Gehöfte genannt werden. Die Grundstücke waren im Zuge der Stein-Hardenbergschen Reformen zu Beginn des 19. Jahrhunderts per Los an Bauern und Kossäten vergeben worden.

»Wohnen Sie dort allein, Herr Schneidereit?«

»Nein. Ich lebe bei meiner Mutter.«

»Was machen Sie beruflich?«

»Ich arbeite in der Landwirtschaft.«

»Geht es ein wenig genauer?«

»Als Lagerarbeiter bei der BHG.«

»Gut. Soweit also die Fragen zur Person. Jetzt kommen wir zur Sache.«

»Können Sie mir mal sagen, was ich hier soll? Warum hat man mich verhaftet? Ich habe nichts getan!«

»Dazu kommen wir ja jetzt. Was haben Sie heute in Berlin gemacht?«

»Ist doch Feiertag. Arbeitsfrei. Dachte, fährste mal in die Hauptstadt, da ist bestimmt mehr los als bei uns im Dorf. Außer der Kneipe ist da nix.«

»Und da gehen Sie nicht hin?«

»Hab Lokalverbot.«

»Warum?«

»Wegen einer Prügelei.«

»Was für eine Prügelei?«

»Naja, es gab halt eine Schlägerei, wie das so nach dem Dorftanz hin und wieder vorkommt.«

»Sie haben sich wegen einer Frau gekloppt?«

»Kann man so sagen.«

»Gab es mehr als nur Lokalverbot?«

»Ich bin eingerückt. Wegen § 115.«

»Vorsätzliche Körperverletzung. Wie viel haben Sie bekommen?«

»Ein Jahr.«

»Keine Bewährung?«

»Nein.«

»Da müssen Sie ganz schön zugelangt haben. Und vermutlich nicht zum ersten Mal. Oder?«

»Nein.«

»Konfliktkommission?«

»Hm.«

»Wann waren Sie inhaftiert?«

»1986/87.«

»Verstehe. Sie fuhren also heute morgen nach Berlin, um was zu erleben.«

»Ja.«

»Machen Sie das häufiger? Ich meine: in die Hauptstadt fahren?«

»Ab und zu.«

»Was heißt das? Waren Sie zum Beispiel heute vor einem Jahr auch in Berlin?«

»Schon möglich.«

»Erinnern Sie sich, bitte. Ich frage noch einmal: Waren Sie am 7. Oktober 1987 in Berlin? Ja oder nein?«

»Ja.«

»Und auch am 1. Mai diesen Jahres?«

»Eventuell. Ich sagte doch bereits: An Feiertagen und langen Wochenenden ist bei uns nichts los. Da bin ich eben nach Berlin gefahren. Allein. Falls Sie das jetzt auch noch fragen.«

»Sie haben keine Freunde.«

»Nee, nicht so richtige.«

»Was machen Sie, wenn Sie in Berlin unterwegs sind?«

»Nichts Besonders. Ich bin mal da, mal dort. Wo halt was los, Volksfest und so. Mit Bühnen und Bierständen. Ich hör mir das an, setz mich dazu, trink mein Bier, schlendere an den Buden vorbei, fahr mit dem Autoscooter und schieße mit dem Luftgewehr. Was man halt dort eben macht.«

»Und dann fahren Sie wieder nach Hause?«

»Ja. Na klar.

»Das ist alles?

»Was wollen Sie denn noch hören?«

»Die ganze Wahrheit. – Ich zeige Ihnen jetzt einmal zwei Fotos.«

»Das ist ja schrecklich. Nehmen Sie die weg!«

»Der eine Junge verschwand am 7. Oktober vor einem Jahr, der andere am 1. Mai. Den einen fand man drei Wochen später in einem Keller in der Dimitroffstraße, den anderen in der Hufelandstraße. In eben diesem Zustand. Ja, schrecklich zugerichtet, da haben Sie recht.«

»Was habe ich damit zu tun?«

»Das versuche ich gerade herauszubekommen.«

»Hören Sie: Ja, ich war an beiden Tagen in Berlin – wie anderthalb Millionen andere Menschen. Verhaften Sie die etwa auch alle?«

»Warum sollten wir? Im Ernst-Thälmann-Park sind es nicht ganz so viele. Damit ist schon mal der Personen-Kreis kleiner.«

»Woher wollen Sie wissen, dass ich im Ernst-Thälmann-Park war?«

»Dort wurden Sie vorhin festgenommen. Und sagten Sie vorhin nicht, dass Sie auch am 7. Oktober 1987 und am 1. Mai dort waren?«

»Nein, das sagte ich nicht. Ich sagte, dass ich in Berlin war.«

»Wo waren Sie denn in Berlin, wenn Sie nicht im Ernst-Thälmann-Park gewesen sind?«

»Auf dem Alexanderplatz.«

»Ah ja. Was gab es denn da zu sehen.«

»Das Übliche.«

»Was war denn ›das Übliche‹?«

»Konzert, Buden und Karussells.«

»Wo stand denn die Bühne.«

»Vorm Centrum-Warenhaus.«

»Sind Sie sich sicher?«

»Hundert pro.«

»Da muss ich Sie enttäuschen: Die Bühne stand zwischen Zillestuben und Haus des Lehrers, auf der gegenüberliegenden Seite.«

»Dann stand sie eben am 1. Mai dort. Habe ich es halt verwechselt.«

»Herr Schneidereit, Sie verwechseln nichts – Sie lügen ganz einfach! Die Bühne, auf der die Estradenprogramme laufen, steht seit 20 Jahren immer dort. Sie hat noch nie vor dem Warenhaus gestanden. Noch nie! Also: Sie waren nicht auf dem Alexanderplatz, sondern im Thälmann-Park. Habe ich recht?«

»Ja.«

»Und warum ausgerechnet dort? In allen Stadtbezirken ist an den Feiertagen etwas los. Im Treptower Park, im Bürgerpark in Pankow, im Volkspark Friedrichshain … Warum der Thälmann-Park?«

»Weil es mir dort besonders gefällt. Und er ist gut mit der S-Bahn erreichbar.«

»Sind andere Orte auch.«

»Warum, warum … Weil ich das okay finde.«

»Sie wurden heute festgenommen bei dem Versuch, einen fünfjährigen Jungen in der Dimitroffstraße von einem Kremser zu heben. Kannten Sie den Jungen?«

»Hören Sie: Das ist eine mit nichts bewiesene Behauptung!«

»Doch, ich kann Ihnen diese Absicht nachweisen. Wir haben Sie nämlich die ganze Zeit beobachtet. Wir haben gesehen, wie Sie den Wagen auf dem Bürgersteig begleitet haben, wie Sie ihn verfolgt haben, wie Sie sich Ihr Opfer ausgeguckt haben, ehe Sie sich an den Kremser heranmachten, um sich den Jungen zu schnappen, um ihn dann in irgendeinen finsteren Keller zu schleppen und zu erschlagen, wie die beiden anderen Jungen.«

»Können Sie das beweisen?«

»Ja, können wir. Es waren genügend Kollegen von uns im Einsatz, die das bezeugen können.«

»Sie haben mir aufgelauert.«

»So kann man es nennen.«

»Warum?«

»Weil wir nach dem Mann gesucht haben, der am 7. Oktober 1987 und am 1. Mai 1988 diese beiden Jungen hier auf bestialische Weise ermordet hat.«

»Und das soll ausgerechnet ich gewesen sein?«

»Ja, Sie, Manuel Schneidereit.«

»Wieso?«

»Erstens: Sie waren an beiden Tagen vor Ort. Zweitens: Die beiden Jungen wurden von einem Kremser unbemerkt entführt. Nach dem gleichen Muster wollten Sie heute das dritte Kind kidnappen. Drittens: Sie sind wegen Körperverletzung vorbestraft. Viertens: …«

»Ich habe noch nie etwas mit kleinen Jungs gehabt.«

»Sie müssen ja nicht unbedingt ›etwas‹ mit kleinen Jungs gehabt haben. Sie haben sie einfach umgebracht.«

»Warum sollte ich das tun?«

»Verraten Sie es uns! Ich denke, das werden die Fachleute schon herausbekommen, wir werden auf jeden Fall psychiatrische Gutachten erstellen lassen.«

»Halten Sie mich für plemplem, für verrückt? Haben Sie den Arsch offen? Sie haben doch eine Meise, nicht ich, verdammt noch mal!«

»Herr Schneidereit, ganz ruhig, bitte. Kommen Sie von der Palme herunter, auf der Sie verdammt schnell, wie ich finde, oben waren. Sind Sie jähzornig?«

»Keine Ahnung.«

»Ich meine: Werden Sie rasch wütend? Langen Sie schnell zu? Bringt Sie schon eine Kleinigkeit in Rage?«

»Nicht unbedingt.«

»Aber Ihre Geduld hat Grenzen.«

»Ihre nicht?«

»Doch. Aber mal anders gefragt: Würden Sie mir jetzt gern eine reinhauen, wenn dies folgenlos für Sie bliebe?«

»Im Ernst?«

»Nicht im Ernst. Nur mal so angenommen. Schließlich mache ich Sie, wie ich merke, mit meinen Fragen ziemlich wütend. Sie sind ohnehin geladen, weil sie im Thälmann-Park festgenommen und hierher gebracht wurden. Juckt es da nicht in Ihren Fingern?«

»Naja, durchaus. Ich könnte hier alles kurz und klein schlagen. Da liegen Sie völlig richtig.«

»Haben Sie bei den beiden Jungen alles kurz und klein geschlagen, weil die nicht so wie Sie wollten?«

»Was soll ich denn von denen gewollt haben?«

»Ein wenig Zuwendung? Ein bisschen Liebe?«

»Dass ich nicht lache.«

»Wenn es das nicht war: Um ihnen zu zeigen, dass Sie stärker als sie sind? Es ist doch auf Dauer frustrierend, von allen herumgeschubst zu werden. In der Schule, auf Arbeit, im Dorf, von der Mutter …«

»Lassen Sie gefälligst meine Mutter aus dem Spiel.«

»Es wird Ihnen gewiss Genugtuung bereitet haben, andere zu quälen, sie stellvertretend büßen zu lassen für die Ungerechtigkeit, die Sie in sich hineingefressen haben in all den Jahren.«

»Quatsch.«

»Nein. Dann erzählen Sie mir Ihre Wahrheit.«

»Ich war's nicht. Basta.«

Auch die nächste und die dritte Vernehmung bringen nicht das notwendige Geständnis. Alle Beteiligten sind sich bewusst, dass unsere Beweislage mehr als dürftig ist. Wir brauchen mehr als nur Mutmaßungen, uns fehlen wasserdichte Belege. Dann hatte einer von uns eine geniale Idee. Das Protokoll der vierten Vernehmung ist darum vergleichsweise kurz.

»Herr Schneidereit, wir sollten eine Gegenüberstellung machen.«

»Mit wem?«

»Mit Ihnen.«

»Wozu?«

»Um Sie zu identifizieren.«

»Wer soll mich identifizieren? Meine Mutter, der Eisverkäufer, Ernst Thälmann vielleicht?«

»Nun werden Sie mal nicht komisch, Herr Schneidereit. Sie stehen unter Mordverdacht, vergessen Sie das nicht. Da verbieten sich solche Späßchen von allein.«

»Danke für den Hinweis.«

»Wir haben Ihr Foto den Mietern in den Häusern gezeigt, in denen die Leichen gefunden wurden. Sie wurden von mehreren Anwohnern gesehen und sofort wiedererkannt.«

»Mich hat niemand gesehen.«

»Ach, bisher haben Sie bestritten, in der Hufeland- und in der Dimitroffstraße gewesen zu sein. Jetzt räumen Sie also ein, doch dort gewesen zu sein. Da sind wir also schon einen Schritt weiter.«

»Ich habe gar nichts eingeräumt, nur schließe ich nicht grundsätzlich aus, durch die genannten Straßen gegangen zu sein. Ich kann mich daran nicht erinnern, wie ich auch nicht sagen kann, dass ich dabei gesehen wurde oder eben nicht. Das liegt schließlich ein beziehungsweise ein halbes Jahr zurück.«

»Ich habe also richtig verstanden: Nachdem Sie zunächst ziemlich apodiktisch erklärt haben, dass Sie ›niemand‹ gesehen haben kann – wann und wo auch immer –, haben Sie sich nunmehr dahingehend korrigiert, dass es nicht grundsätzlich ausgeschlossen werden kann, dass Sie dort gewesen sein könnten. Ist das richtig?«

»So ungefähr, ja.«

»Gut, wenn das so weit klar ist, sollten wir einen Ortstermin machen?«

»Was heißt das?«

»Wir suchen jetzt die beiden Keller auf und werden Sie den Zeugen gegenüberstellen, die Sie gese-

Milieustudie in Berlin

hen haben. Die Sie beobachtet haben, als Sie mit den Kindern unterwegs waren. Wie Sie in den Kellern verschwanden, die Sie vorher ausgespäht hatten. Oder wollen Sie mir weismachen, dass Sie das nicht vorher geplant hatten? Sie wussten genau, welche Keller zugänglich und welche verschlossen waren.«

»Warum sind Ihre ›Zeugen‹ nicht anschließend zur Polizei gegangen, wenn sie angeblich einen Kerl mit einem Jungen gesehen haben?«

»Weil sie nicht ahnten, was geschehen würde. Und weil sie Sie nicht kannten. Was hätten sie uns sagen, wen anzeigen sollen? Aber jetzt ist die Sachlage eine andere: Es gab Opfer, es gibt einen mutmaßlichen Täter und es gibt Personen, die per Augenschein bezeugen können, beide – den Täter und das Opfer – am fraglichen Tag in diesem Haus gesehen zu haben. Kommen Sie?«

»Ich will nicht.«

»Ob Sie wollen oder nicht, ist unerheblich. Sie müssen.«

»Sie können mich nicht zwingen.«

»Doch, ich kann. Aber klären Sie mich mal auf: Warum ›wollen‹ Sie nicht? Drückt Sie das schlechte Gewissen? Fürchten Sie, von den Zeugen erkannt und damit überführt zu werden?«

»Lassen Sie mich in Ruhe.«

»Ich kann Sie in Ruhe lassen, Sie müssen sich nicht mit der Vergangenheit physisch konfrontieren lassen und den Eltern der Opfer ins Gesicht schauen. Sie brauchen nur zu gestehen. Dann ist alles erledigt.«

»Was kommt dann?«

»Gericht, Urteil, Strafe. Das kennen Sie doch.«

»Wie lange?«

»Die Haftstrafe? Keine Ahnung, das entscheidet der Richter.«

»Gibt es mildernde Umstände, wenn ich uneingeschränkt aussage, also kooperiere?«

Anfang 1989 findet das Verfahren gegen Manuel Schneidereit vor dem Kriminalgericht in Berlin statt. Das Polizeipräsidium hält unverändert an seiner restriktiven Informationspolitik fest, wobei vermutlich darüber nicht in der Keibelstraße entschieden worden ist. Keine Zeile erscheint in der Lokalpresse – weder über die beiden Kindsmorde noch über die Festnahme des vermutlichen Mörders am 7. Oktober 1988. Auch das Verfahren und das Urteil ist keine Meldung wert.

Schneidereit hat getötet, dies nach mehreren Verhören zugegeben – ohne dass Beweise vorgelegen hätten –, und das Gericht entscheidet auf der Basis des eigenen Schuldeingeständnisses. Es gibt keine mildernden Umstände zu berücksichtigen. Auch wenn ihm die Gutachter eine besondere Nähe zur Gewalt konzedieren, ihm Jähzorn und im Zustand der Gereiztheit eine erhöhte Aggressivität bescheinigen, schränkt dies seine Schuldfähigkeit keineswegs ein.

Unbeantwortet bleibt die Frage, ob Schneidereit die Jungen zuvor oder post mortem sexuell missbraucht hat. Nachweisbar war dies nicht mehr, für das Strafmaß ohnehin unerheblich. Schneidereit wird gemäß § 112 des Strafgesetzbuches wegen Mordes – oder wie es im Paragraphen heißt: wegen vorsätzlicher Tötung eines Menschen – zu einer lebenslänglichen Freiheitsstrafe verurteilt.

Lebenslänglich heißt in der DDR tatsächlich das ganze Leben lang.

Doch im Jahr 1990 geht diese DDR unter, und alle Urteile, die in dem untergegangenen Staat gesprochen wurden, werden auf den Prüfstand gestellt. Viele Straftäter werden noch im letzten Jahr der DDR amnestiert, weitere kommen nach Herstellung der staatlichen Einheit auf freien Fuß. Nicht aber Manuel Schneidereit. Wegen der Schwere der Schuld verbleibt er im Gewahrsam.

Jedoch: 1991 stellt er einen Prüfungs- und Revisionsantrag, das heißt: das tut sein Anwalt. Und diesem Antrag wird stattgegeben. Als Bundesbürger und freier Mann verlässt Manual Schneidereit, ein Doppelmörder, nach kaum zwei Jahren die Justizvollzugsanstalt in Frankfurt an der Oder.

Zehn Jahre nach Schneidereits Verurteilung sitze ich daheim und lese die Fachpresse. Ich habe Zeit, ich bin Arbeitssuchender. Mit Mitte vierzig gehört man in dieser Gesellschaft zum alten Eisen. Das aber ist es nicht allein, weshalb ich ausrangiert bin. Ich war zwar Kriminalist, aber eben auch ein staatlicher Leiter. Und im Januar 1990 habe ich Erich Honecker in Rummelsburg vernommen, da war ich besonders »staatsnah«. Aufgrund meiner Funktion geriet ich zwangsläufig in besondere Nähe zu jenem Staat, dem man nun ein Präfix voranstellt.

Nach der Lektüre eines Beitrages wende ich mich, der Kriminalist aus dem »Unrechtsstaat«, an den Generalbundesanwalt des Rechtsstaates. Ich las von einer sogenannten Ausnahmestraftat, die sich unlängst in Düsseldorf zutrug. Ein Unbekannter hatte bei verschiedenen Volksfesten in Düsseldorf drei- bis fünfjährige Kinder unbemerkt entführt und in der Nähe ermordet. Kein Fund- und Tatort war weiter als 500 Meter vom Ort ihres Verschwindens entfernt. Die Vorgehensweise des Verbrechens erinnerte mich fatal an die beiden Fälle in Berlin.

So setze ich mich denn an meinen Computer und formuliere meinen Verdacht an den Generalbundesanwalt der Bundesrepublik Deutschland, dass der mögliche Täter dieser entsetzlichen Verbrechen Manuel Schneidereit heißen könnte, denn der Modus Operandi komme mir sehr bekannt vor. Sodann schildere ich den Fall, der uns seinerzeit in der DDR-Hauptstadt sehr lange und sehr intensiv beschäftigt hat und nenne auch das Aktenzeichen des Verfahrens gegen Schneidereit.

Ich erhalte keine Antwort aus Karlsruhe.

Mir muss man auch nicht antworten.

Ich gehöre keiner Ermittlungsbehörde an.

Ich bin arbeitslos.

Das Loch in der Mauer

Die Woche fängt ja gut. Erst der Anruf, nun auch das noch. Die Karre will einfach nicht anspringen. Der Starter rödelt, die Zündspannung reicht nicht aus, um den Motor anspringen zu lassen. Die Batterie scheint sich entladen zu haben oder ist einfach nur alt. Um diese Zeit ist weit und breit niemand auf dem Blankenburger Pflasterweg zu sehen, den man bitten könnte, den Trabant anzuschieben. Das wäre kein Problem. Zweiter Gang eingelegt, Kupplung treten, drei, vier Meter Anlauf, Kupplung langsam kommen lassen, kurzes Husten und schon würde die Maschine laufen …

Bitte, bitte komm, flehe ich, nachdem ich kurzzeitig gewartet habe.

Noch einmal drehe ich den Schlüssel im Zündschloss, ein letztes Mal. Da! Nachdem mehrmals der Starter schwach genudelt hat, springt ein Funke und die Maschine an. Gott sei Dank. Ich trete mehrmals kräftig aufs Gaspedal, eine dunkle Wolke fährt aus dem Auspuff. Bloß schnell weg, sonst brüllt noch einer aus dem Fenster: Ruhe da unten! Die Menschen sind ja heutzutage so empfindsam. Ich kurble das Fenster herunter, das ist meine Klimaanlage. In der Nacht sind die hohen Temperaturen kaum gefallen, es ist Hochsommer und aktuell ein ziemlich heißer. Hoffentlich hält er sich noch eine Weile, in zwei Wochen habe ich Urlaub und einen Ferienplatz an der Ostsee. Nach langer Zeit hat es endlich einmal geklappt.

Und nun das.

Ich müsse sofort in die Dienststelle kommen, hatte der Operative Diensthabende aus der Keibelstraße am Telefon gesagt. In der Schützenstraße, Ecke Charlottenstraße, habe es gekracht.

»Wie gekracht?«, hatte ich schlaftrunken gefragt und auf die blinkende Digitalanzeige der Uhr geschaut. Es war morgens 4 Uhr. Blöde Frage: Wenn ein LKW gegen die Mauer gedonnert wäre, müsste sich die Verkehrspolizei, nicht die Kriminalpolizei damit beschäftigen.

An der Grenze hat es einen Sprengstoffanschlag gegeben. Mehr wisse er aber auch nicht, sagte der ODH. Kannst gleich durchfahren, du bist bestimmt nicht der Erste und Einzige vor Ort.

Schlagartig bin ich wach. Zwölf Kilometer Staatsgrenze und vier Grenzübergangsstellen gehören mit zur VP-Inspektion Mitte. Als Leiter von Dezernat »Leben und Gesundheit« der Kriminalpolizei bin ich auch für Straftaten an der Mauer zuständig. Da haben zwar andere den Hut auf, ich bin weder

Grenzer noch bei der Staatssicherheit, vornehmlich ist das deren Beritt. Aber auch die Kriminalpolizei wird bei Delikten am Grenzabschnitt hinzugezogen. Ein Crash an der Mauer ist Sachbeschädigung zum Nachteil sozialistischen Eigentums. Die Kriminalpolizei muss den Schaden aufnehmen, Anzeige gegen Unbekannt erstatten – sofern der Sachbeschädiger nicht bekannt ist –, die Ermittlungen bekommen sodann eine Tagebuchnummer, anschließend wird das Ermittlungsverfahren, EV genannt, an die Spezialkomission des MfS, kurz SK HA IX, übergeben. Das muss alles seine Ordnung haben.

In zwanzig Minuten sei ich dort, hatte ich gesagt, ehe ich auflegte. Um diese Zeit sind die Straßen noch frei, man kommt ungehindert bis zur Friedrichstraße durch. Erst gegen sechs beginnt der Berufsverkehr zu rollen, bis dahin ist es noch eine Weile. Sprengstoffanschlag an der Mauer, geht es mir die ganze Zeit durch den Kopf, von unserer oder von der anderen Seite? Oder wie es bei den Grenzern heißen würde: freundwärts oder feindwärts? Langsam lichten sich meine Nebel im Hirn: Von der Ostseite kommt keiner, auch nicht in Mitte, bis an die Sperrelemente heran, davor patrouillieren die Grenzer. Auf der anderen Seite hingegen steht die Wand mitten auf der Straße, und an vielen Stellen ist sie bunt oder mit Parolen bemalt. Nein, wenn an der Mauer etwas passiert war, dann konnte das nur von der anderen Seite aus geschehen sein.

Vermutlich hängt das mit dem bevorstehenden Jahrestag zusammen, denke ich und stoppe an einer Ampel. Wieso schalten sie die nachts nicht ab, fluche ich innerlich und bin schon fast willens, Vollgas zu geben. Weit und breit ist niemand zu sehen, warum soll ich hier sinnlos halten? Doch dann bricht wieder der Preuße in mir durch. Man hält sich an Regeln, auch wenn man nicht kontrolliert wird. Endlich Grün, ich gebe Gummi. Die Reifen quietschen.

In zwei Wochen ist es 25 Jahre her, dass die Grenze dichtgemacht und alsbald rings um Westberlin eine Mauer gesetzt worden war. Der Beschluss war in Moskau getroffen worden, doch die DDR war darüber nicht traurig. Der Aderlass aufgrund der offenen Grenze war zu gewaltig. Experten sprechen von etwa 100 Milliarden D-Mark, die bis 1961 aus der DDR »abgeflossen« seien. Qualifizierte Arbeitskräfte, Waren, Grenzgänger … Inzwischen aber haben uns die Grenzsicherungsanlagen, deren Ausbau und ihr Unterhalt, über die Jahre vielleicht annähernd so viel gekostet. Rein ökonomisch gesehen also eher ein schlechtes Geschäft. Die Führungsmacht des Warschauer Paktes hat im Detail bestimmt, wie das Grenzregime auszusehen hatte – und wir haben es verwirklicht, also gezahlt. Materiell und politisch. Der Schnitt am 13. August 1961 war richtig und notwendig gewesen, doch danach hätte man darüber nachdenken müssen, wie man die Sache anders geregelt bekommt. Natürlich, es gab Bündnisverpflichtungen, die die DDR gewissenhaft erfüllte, und gewiss waren auf diese Weise die Verhältnisse in Europa in der Hochzeit des Kalten Krieges sauber geschieden und der Frieden sicherer geworden. Erst die Mauer, sagt heute jeder vernünftig denkende Mensch, setzte die Entspannungspolitik in Gang. Gleichwohl liefert eben diese Mauer bis heute propagandistische Munition für die anderen. Ulbricht soll in einem Interview gegenüber einem Westjournalisten erklärt haben, er wisse, dass jeder Schuss an der Grenze einer auf ihn sei. Womit er deutlich machte, dass diese politische und militärisch notwendige Entscheidung ihren Preis hatte, den die DDR zahlte.

Kurz vor der Grenzübergangsstelle Friedrichstraße, GÜST genannt, biege ich links in die Krausenstraße ab. Sie verläuft parallel zur Leipziger und zur Schützenstraße. Der Morgen graut bereits, Sonnenaufgang ist gegen 6 Uhr. An der Ecke zur Charlottenstraße fahre ich rechts ran und stoppe. Die letzten Meter gehe ich zu Fuß. Man muss die Jungs an der Grenze nicht noch zusätzlich nervös machen, wenn man mit einem Trabant auf die Grenze zufährt. Wenn das Loch groß genug ist, passt vielleicht eine Rennpappe durch … Ich stelle mir die Szene gar nicht vor, auch wenn die Vorstellung, zugegeben, mich erheitert. Ich atme tief die frische Morgenluft und nestle schon mal meinen Dienstausweis und

Personalausweis mit dem Stempel »Berechtigt zum Betreten des Grenzgebiets vom Stadtbezirk Mitte« heraus. Den werde ich bestimmt gleich vorweisen müssen. Ich betrete Grenzgebiet, das ist nur befugten Personen erlaubt. Die Klappkarte und der Stempel im Perso erheben mich zu einer solchen Person. Schon von Weitem sehe ich das Loch in der Wand. Ich muss grinsen: Mit meinem Trabant würde ich dort locker durchkommen. Die Öffnung misst, schätze ich aus der Distanz, vielleicht zwei mal anderthalb Meter. Da war ordentlich Bums dahinter, um die Bauelemente aus Stahlbeton so zu zerlegen. Mindestens 50 Kilo TNT, würde ich meinen, ein Zentner Sprengstoff. Den kriegt man nicht in der Drogerie an der Ecke.

An der Mauer stehen etliche Grenzsoldaten und Offiziere und starren entgeistert in die Öffnung, das heißt: nach drüben. Auch einige Kollegen in Zivil sind schon da. Ein Unteroffizier in Kampfanzug tritt mir entgegen. »Bürger, verlassen Sie bitte das Grenzgebiet.«

Ich halte ihm meinen Dienstausweis vors Gesicht, er sieht den Lederriemen und meinen Dienstgrad und legt augenblicklich die Hand an die Schläfe. »Entschuldigung, Genosse Oberstleutnant, ich wusste nicht …«

Ich trete zu der Gruppe in Zivil, etwa dreißig bis vierzig Mann, murmele ein »Guten Morgen« und geselle mich dazu. Ich kenne die Männer von der

Spezialkommission, die Genossen aus dem Stab der Grenztruppen kenne ich nicht, weshalb ich mich vorstelle. »Romahn«, sage ich, »Oberstleutnant Romahn, Chef der Kriminalpolizei von Mitte.« Die Männer verstummen kurz, dann setzen sie ihre Unterhaltung fort. Ich höre mit und beginne, mir ein Bild zu machen. Also irgendwann nach Mitternacht, so hätten die Grenzer auf dem unweit von hier befindlichen Wachturm bemerkt, sei jenseits der Mauer ein kleines Lieferfahrzeug gekommen und habe gestoppt. Die Grenzsoldaten auf dem Turm hatten weder Nummernschild noch Fahrzeugtyp feststellen können, der Wagen fuhr im Schatten der Mauer. Dem hätten sie jedoch keine Bedeutung beigemessen, denn drüben auf der anderen Seite der Zimmerstraße halten immer Fahrzeuge, schließlich stehen dort einige Wohnhäuser.

Rechts, in Sichtweite, befindet sich die GÜST Friedrichstraße, links das Springerhochhaus unmittelbar an der Grenze. In diesem Abschnitt starben im Juni 1962 der Gefreite Reinhold Huhn und zwei Monate später Peter Fechter. Es ist nicht gerade eine Gegend, die man als ruhig bezeichnen kann.

Irgendwann, so die Besatzung des Wachturms, sei der Wagen wieder weggefahren. Und wenig später hat es gekracht. Im weiten Umkreis gingen die Scheiben zu Bruch, drüben wie hüben.

Das Schild, welches die Mauer überragte und in den drei Sprachen der vier Besatzungsmächte die

Kreuzberger darauf hinwies, dass an dieser Wand der amerikanische Sektor ende, liegt zerfleddert am Boden, wie ich bei einem Blick durch die Maueröffnung erspähe. Ich gehe bis an das ramponierte Bauwerk, lege die Hand auf den Beton und sehe, wie sich plötzlich ein Rechen auf unser Territorium schiebt und Splitter hinüberziehen will. Ich trete auf die Harke und reiße sie mit einem Ruck auf unsere Seite. Ein Kopf schiebt sich um die Ecke. Er gehört einem Polizeibeamten, der offenkundig Beweismittel für die kriminaltechnische Untersuchung sichern will. »Herr Kollege«, sage ich höflich, »was auf unserer Seite liegt, ist Eigentum der DDR.«

»Der Rechen allerdings gehört der Westberliner Polizei, Herr Kollege!«

»Ist beschlagnahmt«, entgegne ich kühl und blicke in ein verstörtes Gesicht. »Aber ich will mal nicht so sein.« Lächelnd reiche ich ihm das Instrument durch das Loch in der Mauer. »Und, schon eine Ahnung, wer die Täter waren?«

Der Polizist zuckt die Achsel. »Wir stehen erst am Beginn unserer Ermittlungen.«

»Wir auch. Einen schönen Tag noch.«

Diese sonderbare Begegnung führt mir nachdrücklich vor Augen, wie unnütz und überflüssig meine Dienstfahrt ist. Was soll, was kann ich überhaupt ermitteln? Zum einen fand das Verbrechen auf Westberliner Seite statt, womit schon mal die Zuständigkeit geklärt ist. Die Westberliner werden

Zerstörte Fensterfront eines Betriebsgebäudes

sich so wenig von uns helfen lassen wollen wie wir uns von ihnen. Auch wir lassen uns nicht in die Karten schauen. Zum anderen ist der Terroranschlag mehr ein politisches denn ein kriminelles Verbrechen. Folglich wird der Vorfall auch »ganz oben« behandelt werden. Da können die beteiligten Organe allenfalls statistische und andere unerhebliche Details beisteuern.

Wie zur Bestätigung findet sich schon am nächsten Tag ganz oben auf der zweiten Seite des Zentralorgans der »Protest gegen schwerwiegenden Anschlag auf Staatsgrenze der DDR«. Die Meldung des

Allgemeinen Deutschen Nachrichtendienstes (ADN) kommt, das wissen alle Insider, aus dem Großen Haus. »In den frühen Morgenstunden des 28. Juli 1986 wurde von Berlin (West) aus ein provokatorischer und schwerwiegender Sprengstoffanschlag gegen die Staatsgrenze der DDR in der Nähe der Grenzübergangsstelle Friedrichstraße/Zimmerstraße im Stadtbezirk Mitte der Hauptstadt der DDR verübt. Infolgedessen wurde erheblicher Sachschaden angerichtet und das Leben und die Gesundheit von Bürgern der DDR in verantwortungsloser Weise gefährdet.«

Das trifft zu, wie ich alsbald mit meinen Mitarbeitern ermittle. Allerdings ist das nur die halbe Wahrheit. Es waren ebenso Leben und Gesundheit von Westberlinern gefährdet worden. Die Detonation ließ nicht nur auf unserer Seite die Scheiben splittern. Zugegeben, der Anschlag galt uns, der DDR und ihrer Grenzanlage – aber die westliche Seite wurde nicht minder in Mitleidenschaft gezogen. Das werden die Attentäter mit einkalkuliert haben. Es offenbart ihren blindwütigen Fanatismus, der auf nichts Rücksicht nimmt, nicht mal auf die eigenen Leute.

»Das Ministerium für Auswärtige Angelegenheiten der DDR protestiert beim Senat von Berlin (West) gegen diesen schwerwiegenden Gewaltakt und fordert, die Täter strengstens zur Verantwortung zu ziehen und dafür zu sorgen, dass künftig

Protest gegen schwerwiegenden Anschlag auf Staatsgrenze der DDR

Berlin (ADN). In den frühen Morgenstunden des 28. Juli 1986 wurde von Berlin (West) aus ein provokatorischer und schwerwiegender Sprengstoffanschlag gegen die Staatsgrenze der DDR in der Nähe der Grenzübergangsstelle Friedrichstraße/Zimmerstraße im Stadtbezirk Mitte der Hauptstadt der DDR verübt. Infolgedessen wurde erheblicher Sachschaden angerichtet und das Leben und die Gesundheit von Bürgern der DDR in verantwortungsloser Weise gefährdet.

Das Ministerium für Auswärtige Angelegenheiten der DDR protestierte beim Senat von Berlin (West) gegen diesen schwerwiegenden Gewaltakt und forderte, die Täter strengstens zur Verantwortung zu ziehen und dafür zu sorgen, daß künftig alles Erforderliche unternommen wird, um solche Provokationen zu unterbinden.

Für alle Folgen, die sich aus solchen schwerwiegenden Provokationen ergeben können, trägt der Senat von Berlin (West) die alleinige Verantwortung.

ADN-Meldung über den Bombenanschlag auf der Seite 2 im *Neuen Deutschland* vom 29. Juli 1986

alles Erforderliche unternommen wird, um solche Provokationen zu unterbinden.

Für alle Folgen, die sich aus solchen schwerwiegenden Provokationen ergeben können, trägt der Senat von Berlin (West) die alleinige Verantwortung.« Mit dieser Formel enden die meisten außenpolitischen Proteste, eine Art salvatorische Klausel und leere Drohung. Damit ist binnen 24 Stunden der Fall erledigt, denn die Verantwortlichen in der Hauptstadt wissen, dass auf Westberliner Seite die Sache zwar formell weiterverfolgt, aber unter der Decke gehalten werden wird. Die Genugtuung wird man dem Osten nicht lassen, mit seinen Behauptungen recht zu haben, dass vom Westen aktiv und mit allen Mitteln gegen die DDR gearbeitet wird. Und zwar nicht nur mit Billigung, sondern wohl auch mit Zustimmung, wenn nicht sogar mit Unterstützung offizieller Stellen.

Die Morgenrunde im Präsidium verläuft eher routiniert. Die wesentlichen Informationen sind bereits über den Dienstweg aus dem Ministerium eingegangen. Sie liefern den Hintergrund zu meinen subjektiven Beobachtungen am Tatort und bestätigen, dass wir eigentlich nichts zu bestellen haben als die Schäden zu erfassen, die es auf unserer Seite gegeben hat. Wahrlich eine sehr herausfordernde kriminalistische Aufgabe.

»Kann das nicht die Versicherung machen?«, fragt einer in die Runde und wird umgehend von Oberst Manfred Kolbe zurechtgewiesen. »Wir sind die Versicherung«, sagt er im scharfen Ton. »Wir sorgen für die Sicherheit unserer Bürger.«

Damit hat er recht wie unrecht. Da schwingt eine Menge Demagogie mit, denn Kolbe weiß ganz genau, dass der Vorfall nicht in unsere Kompetenz fällt, es ist nicht das Bier der Kriminalpolizei von Berlin-Mitte. Womit eigentlich mal wieder die Unsinnigkeit der Doppel- und Dreifachstrukturen und der damit verbundenen Zuständigkeiten offenbart ist. Wieder einmal. Denn nicht alles ergibt Sinn wie etwa der Verkehr mit der Westberliner Polizei bei Ladendieben aus der DDR. Werden DDR-Bürger beim Klauen erwischt oder in anderer Weise beim Besuch im anderen Teil der Stadt auffällig, dann werden sie festgesetzt und in Gewahrsam genommen. Jeden Tag meldet eine Stunde vor Mitternacht das dortige Polizeipräsidium dem unsrigen per Fernschreiben die Zahl der Delinquenten. Die Liste geht auch an die Grenztruppen, damit bei der Einreise die Personalien der Überführten abgeglichen werden können. Die Übergabe der Personen erfolgt professionell und pragmatisch, und natürlich ist das MfS kontrollierend mit dabei, um zu verhindern, dass der DDR ein Kuckucksei ins Nest gelegt wird. Die derart aus Westberlin Abgeschobenen bringt ein Bus nach Rummelsburg, wo sie befragt werden. Der letzte »Gefangenentransport« wird, ich greife vor, am 30. Juni 1990 die Grenze zwischen West- und Ostberlin passieren – einen Tag vor Inkrafttreten der Wirtschafts-, Währungs- und Sozialunion zwischen den beiden deutschen Staaten.

Um die unterschwellige Gereizheit aus der Dienstbesprechung zu nehmen, sage ich nur »Celler Loch«, und schon geht es hoch her. Es ist, als habe ich Öl ins Feuer gegossen, die Flammen der Erregung lodern auf.

Jeder weiß, was gemeint ist, zumal der Vorfall aus den 70er Jahren erst vor wenigen Monaten wieder Thema war, nachdem im Wort- wie im übertragenen Sinne die Bombe geplatzt ist.

Ende Juli 1978 hatten Unbekannte in die Außenwand der Justizvollzugsanstalt Celle in Niedersachsen ein etwa vierzig Zentimeter großes Loch gesprengt. Die Ermittlungsbehörden und auch die Politik kamen zu der Auffassung, dass ein in der JVA einsitzender mutmaßlicher RAF-Terrorist befreit werden sollte. Zur Befreiung kam es natürlich nicht, die Bombe verursachte nur geringen Sachschaden. Namentlich der Verfassungsschutz präsentierte anschließend eine Reihe von Beweisen, die die Hintergründe der Tat offenbarten, darunter gefälschte Pässe, ein gestohlenes Fahrzeug, später sogar einen Tatverdächtigen. Die Bombe, so hatte der Anstaltsleiter mitgeteilt, sei vermutlich mit einer 400 Meter langen Lunte gezündet worden, an einer nahen Fußgängerbrücke habe die Polizei ein leeres Schlauchboot gefunden, das Landeskriminalamt informierte über ein entdecktes Strategiepapier der Terroristen, wonach Anschläge auf Gefängnisse in der BRD geplant seien, um die Staatsmacht zu verunsichern. (Erst wenige Wochen zuvor war Till Meyer in Berlin im Handstreich aus der JVA Moabit befreit worden.)

Wie meist bei solchen medial aufgeblasenen Aktionen geriet der Vorfall jedoch wieder in Vergessenheit. Aufgeklärt wurde die Sache nie.

Bis jetzt. Ende April enthüllte eine Zeitung in Niedersachsen, dass die ganze Aktion mit dem bezeichnenden Titel »Feuerzauber« von A bis Z inszeniert worden war. Realisiert hatten sie der Verfassungsschutz und der Bundesgrenzschutz, involviert war die Landesregierung unter Ernst Albrecht, dessen Tochter Ursula von der Leyen später in der Bundesrepublik noch eine Rolle spielen sollte. Der fingierte Anschlag, für den der Verfassungsschutz zwei Kriminelle mit Sprengstoff ausgestattet hatte, sollte die Legende liefern für eine andere Geheimdienstoperation: Sie sollte die Eintrittskarte für einen V-Mann sein, den man in die RAF einzuschleusen hoffte.

Der Spiegel höhnte Ende April 1986, nachdem die Sache publik geworden und von uns sehr genau ausgewertet worden war: »Was allenfalls in Anarcho-Blättern der Staatsgewalt unterstellt worden war, erwies sich nun als Realität: Beamte als Bombenleger, Minister als Auftraggeber. Der Sprengstoffanschlag war inszeniert. Als das starke Stück ruchbar wurde, fand keiner der staatlichen Sprengmeister was dabei – alles geschah, so Niedersachsens Ministerpräsident Ernst Albrecht (CDU), im Interesse der ›wehrhaften Demokratie‹: ›Wir mussten die Öffentlichkeit täuschen, um die Terroristen zu täuschen.‹ Er würde wieder so handeln: ›Ich bin sicher, dass unsere Bevölkerung genau das von mir verlangt‹.«

Was das Nachrichtenmagazin zu dem Schluss gelangen ließ, dass dieser Anschlag (»und wie viele dieser Art gab es sonst noch?«) lediglich die Terrorismushysterie habe befördern sollen, und Jürgen Trittin, Fraktionsvorsitzender der Grünen im niedersächsischen Landtag, setzte noch einen darauf, indem er meinte, dass die »Geschichte des Terrorismus neu geschrieben werden« müsse, wenn man wisse, »welche Anschläge von Terroristen und welche vom Staat zu verantworten sind«.

Wir analysierten den Fall damals auch in der Parteigruppe politisch und befanden, dass dies kein Betriebsunfall war, sondern etwas mit dem kapitalistischen System zu tun hatte. Es gehe, abstrakt gesprochen, um Stabilisierung und Sicherung der bestehenden Machtverhältnisse. Quod erat demonstrandum.

Mein Hinweis auf diesen Schurkenstreich zu Celle wird auch als Anstoß genommen, über die Herkunft des Sprengstoffs nachzudenken. Wo bekommt man in Westberlin einen Zentner davon her? Und wenn der Verdacht in bestimmte Richtungen gelenkt ist, fragt man auch nach dem Zweck der Übung. Um gegen 25 Jahre Mauerbau zu protestieren, gibt es auch Formen mit kleineren Kollateralschäden.

In den nächsten Tagen beschäftige ich mich intensiv mit den eingehenden Schadensmeldungen. Es ist mehr als erstaunlich, welche unmittelbare Wirkung der Sprengstoff am Montagmorgen auf unserer Seite ausgelöst hat. Häuser waren nicht zerstört worden wie im Kriege, wohl aber unzählige Fensterscheiben zu Bruch gegangen, Türen aus dem Rahmen gerissen und Dächer beschädigt worden. Neugierige Berliner pilgern dorthin und werden, wie ich per Augenschein feststelle, von Volkspolizisten, die das Areal weiträumig absichern, zurückgeschickt.

Hätte ich dies zu entscheiden, würde ich Schulklassen und Arbeitskollekive hier entlangführen, um ihnen zu zeigen, dass man uns wirklich an die Wäsche will und »Angriffe auf die DDR« keine Erfindung der Propaganda sind. Aber die Bedenkenträger nehmen davon Abstand: Es wäre vielleicht nicht opportun, mit Emotionen zu arbeiten und diese auch noch zu schüren. Das käme auf der Westseite nicht so gut an, und vielleicht auch bei vielen Menschen bei uns nicht, heißt es intern. Die sagten vielleicht sogar: Geschieht denen ganz recht – warum lassen sie uns nicht raus und mauern uns ein! Dann stellten sie nämlich prompt die Gretchenfrage: Sitzen wir nun vor oder hinter der Mauer? Womit wir wieder beim Kardinalproblem sind: Wie geht die Führung der DDR innenpolitisch mit der Reisefreiheit und deren Beschränkung um?

Wie sich zeigt, sind beide Seiten bemüht, den Ball flachzuhalten. Der Protestnote folgt, wie vermutet, nichts. Nur noch einmal findet der Zwischenfall Erwähnung, und zwar in zwei Beiträgen in der sowjetischen Parteizeitung *Prawda,* die am 12. August im *Neuen Deutschland* veröffentlicht werden.

Verfasst wurden sie von ihren beiden Korrespondenten in der DDR-Hauptstadt und in Westberlin, Mai Podkljutschnikow und Viktor Kabanow. Wobei die Stoßrichtung beider in die gleiche Richtung zielt.

»In Berlin (West)« – so der Korrespondent aus Berlin (Ost) – »häuft sich die Zahl der Provokationen, die gegen die DDR gerichtet sind. Ihr Ziel ist

„Prawda“:

Sie schaffen Spannungen

M o s k a u (ADN). Unter der Uberschrift „Sie schaffen Spannungen“ veröffentlichte die „Prawda“ am Montag folgende Beiträge ihrer Korrespondenten in Berlin und in Berlin (West):

Berlin, von Korrespondent Mai P o d k l j u t s c h n i k o w

In Berlin (West) häuft sich die Zahl der Provokationen, die gegen die DDR gerichtet sind. Ihr Ziel ist offensichtlich: eine gespannte Atmosphäre in den Beziehungen mit dem sozialistischen deutschen Staat zu schaffen. Als Vorwand wird der 25. Jahrestag jenes Tages genutzt, an dem die DDR die Grenze zwischen ihrer Hauptstadt und Berlin (West), das laut internationalem Vertrag eine besondere politische Einheit ist, unter ihre Kontrolle nahm. Zu besonders frechen Ausschreitungen von Provokateuren kam es Sonnabend abend. Mehr als hundert Teilnehmer, die von der „Arbeitsgemeinschaft 13. August“ organisiert worden waren, versammelten sich am Kontrollpunkt an der Friedrichstraße. Sie schrien revanchistische Losungen. Die Teilnehmer der Zusammenrottung versuchten, die Grenzanlagen der DDR zu beschädigen, und rissen eine Fahne des sozialistischen deutschen Staates vom Mast. Allein der Besonnenheit der Grenzposten der DDR ist es zu danken, daß schwere Folgen der Provokation vermieden werden konnten. In der vergangenen Woche verübten, wie bereits gemeldet, unbekannte Verbrecher, die die Polizei in Berlin (West) bisher „nicht finden konnte“, einen Sprengstoffanschlag auf die Grenzmauer. Im Zusammenhang mit dem bevorstehenden Jahrestag werden in der Stadt, wie die Presse berichtet, eine Reihe provokatorischer Maßnahmen vorbereitet, an denen offizielle Vertreter der USA und der BRD teilzunehmen beabsichtigen. Die zuverlässige Sicherung ihrer Grenze, die von der DDR vor einem Vierteljahrhundert vorgenommen wurde, spielte eine sehr positive Rolle. Sie zeigte anschaulich das Fiasko der Kalkulationen revanchistischer Kräfte in der BRD, die DDR zu unterwandern und zu liquidieren. Der darauffolgende Abschluß des Vierseitigen Abkommens über Berlin (West) erlaubte es, um diese Stadt eine normale Lage zu schaffen und einen der Spannungsherde im Zentrum Europas zu beseitigen. Die Zeit bestätigte die Wichtigkeit und Lebensfähigkeit dieses Dokuments, das voll und ganz den Interessen des Friedens und der Sicherheit entspricht.

Es ist völlig offensichtlich, daß die gegenwärtigen Versuche, in Berlin (West) wieder eine Atmosphäre der Spannungen, äußerster Feindlichkeit gegenüber der DDR zu schaffen, Geist und Zielen des Vierseitigen Abkommens widersprechen. Sie bedrohen die Grundinteressen vor allem der Bevölkerung von Berlin (West) selbst und dienen keineswegs der Pflege normaler Beziehungen in diesem Teil Europas.

Berlin (West), von Korrespondent Viktor K a b a n o w

Nun also beginnen die neofaschistischen Ganoven und jene, die hinter ihnen stehen und denen eine friedliche, ruhige Lage in und um Berlin (West) nicht paßt, wie sie durch eine Reihe staatlicher Verträge – darunter das Vierseitige Abkommen über diese Stadt vom 3. September 1971 – verankert wurde, erneut aus ihren Löchern zu kriechen. Das sind auch neofaschistische Organisationen und Gruppierungen, die hier widerrechtlich wirken und sich überhaupt nicht damit abfinden wollen, daß die Regierung der DDR vor 25 Jahren, am 13. August 1961, mit entschiedenen Maßnahmen die Wühltätigkeit westlicher Länder gegen ihre Republik unterband, indem sie die Staatsgrenze sicherte und ein klares Grenzregime zwischen der DDR und Berlin (West) schuf.

Sowohl 1961 als auch in den Jahren danach entfachten revanchistische Kreise der BRD und von Berlin (West) wiederholt feindliche Kampagnen gegen den ersten deutschen Staat der Arbeiter und Bauern, wobei sie auch vor subversiven Aktionen nicht haltmachten. Mal hier, mal dort werden in der Stadt zuweilen ganze Lager von Waffen entdeckt, die von den Ultrarechten für den Tag „X“ angelegt wurden. Das Anheizen einer Atmosphäre der Nervosität in dieser Stadt wird von den Rechtskräften erneut dazu genutzt, negativ auf das allgemeine politische Klima in Europa einzuwirken, wo sich gegenwärtig die Entschlossenheit der Völker festigt, Frieden und Sicherheit zu verteidigen, dem Wettrüsten und anderen militaristischen Vorbereitungen einen Riegel vorzuschieben und eine echte, gutnachbarliche Zusammenarbeit zwischen den verschiedenen Ländern anzubahnen.

Zwei Kommentare aus der *Prawda,* am 12. August 1986 im *Neuen Deutschland* nachgedruckt offensichtlich: eine gespannte Atmosphäre in den Beziehungen mit dem sozialistischen deutschen Staat zu schaffen. Als Vorwand wird der 25. Jahrestag jenes Tages genutzt, an dem die DDR die Grenze zwischen ihrer Hauptstadt und Berlin (West), das laut internationalem Vertrag eine besondere politische Einheit ist, unter ihre Kontrolle nahm. Zu besonders frechen Ausschreitungen von Provokateuren kam es Sonnabendabend *(8. August – R. R.)*. Mehr als hundert Teilnehmer, die von der ›Arbeitsgemeinschaft 13. August‹ organisiert worden waren, versammelten sich am Kontrollpunkt an der Friedrichstraße. Sie schrien revanchistische Losungen. Die Teilnehmer der Zusammenrottung versuchten, die Grenzanlagen der DDR zu beschädigen, und rissen eine Fahne des sozialistischen deutschen Staates vom Mast.

Allein der Besonnenheit der Grenzposten der DDR ist es zu danken, dass schwere Folgen der Provokation vermieden werden konnten.

In der vergangenen Woche verübten, wie bereits gemeldet, unbekannte Verbrecher, die die Polizei in Berlin (West) bisher ›nicht finden konnte‹, einen Sprengstoffanschlag auf die Grenzmauer.

Im Zusammenhang mit dem bevorstehenden Jahrestag werden in der Stadt, wie die Presse berichtet, eine Reihe provokatorischer Maßnahmen vorbereitet, an denen offizielle Vertreter der USA und der BRD teilzunehmen beabsichtigen.

Die zuverlässige Sicherung ihrer Grenze, die von der DDR vor einem Vierteljahrhundert vorgenommen wurde, spielte eine sehr positive Rolle. Sie zeigte anschaulich das Fiasko der Kalkulationen revanchistischer Kräfte in der BRD, die DDR zu unterwandern und zu liquidieren. Der darauffolgende Abschluss des Vierseitigen Abkommens über Berlin (West) erlaubte es, um diese Stadt eine normale Lage zu schaffen und einen der Spannungsherde im Zentrum Europas zu beseitigen.

Die Zeit bestätigte die Wichtigkeit und Lebensfähigkeit dieses Dokuments, das voll und ganz den Interessen des Friedens und der Sicherheit entspricht. Es ist völlig offensichtlich, dass die gegenwärtigen Versuche, in Berlin (West) wieder eine Atmosphäre der Spannungen, äußerster Feindlichkeit gegenüber der DDR zu schaffen, Geist und Zielen des Vierseitigen Abkommens widersprechen. Sie bedrohen die Grundinteressen vor allem der Bevölkerung von Berlin (West) selbst und dienen keineswegs der Pflege normaler Beziehungen in diesem Teil Europas.«

Damit hebt Moskau den Vorfall auf die internationale Bühne – und ich bin dabei, kaputte Fenster und herabhängende Büroleuchten zu zählen. Aber bekanntlich löst sich große Geschichte immer in banalen, kleinen Vorgängen auf.

Die zweite Korrespondenz, die aus Westberlin, geht so:

»Nun also beginnen die neofaschistischen Ganoven und jene, die hinter ihnen stehen und denen eine friedliche, ruhige Lage in und um Berlin (West) nicht passt, wie sie durch eine Reihe staatlicher Verträge – darunter das Vierseitige Abkommen über diese Stadt vom 3. September 1971 – verankert wurde, erneut aus ihren Löchern zu kriechen.

Das sind auch neofaschistische Organisationen und Gruppierungen, die hier widerrechtlich wirken und sich überhaupt nicht damit abfinden wollen, dass die Regierung der DDR vor 25 Jahren, am 13. August 1961, mit entschiedenen Maßnahmen die Wühltätigkeit westlicher Länder gegen ihre Republik unterband, indem sie die Staatsgrenze sicherte und ein klares Grenzregime zwischen der DDR und Berlin (West) schuf.

Sowohl 1961 als auch in den Jahren danach entfachten revanchistische Kreise der BRD und von Berlin (West) wiederholt feindliche Kampagnen gegen den ersten deutschen Staat der Arbeiter und Bauern, wobei sie auch vor subversiven Aktionen nicht haltmachten. Mal hier, mal dort werden in der Stadt zuweilen ganze Lager von Waffen entdeckt, die von den Ultrarechten für den Tag X angelegt wurden. Das Anheizen einer Atmosphäre der Nervosität in dieser Stadt wird von den Rechtskräften erneut dazu genutzt, negativ auf das allgemeine politische Klima in Europa einzuwirken, wo sich gegenwärtig die Entschlossenheit der Völker festigt, Frieden und

Sicherheit zu verteidigen, dem Wettrüsten und anderen militaristischen Vorbereitungen einen Riegel vorzuschieben und eine echte, gutnachbarliche Zusammenarbeit zwischen den verschiedenen Ländern anzubahnen.«

Als ich das am Morgen bei meiner Tasse Kaffee im Büro die Zeitung lese, ist mir klar, dass man keine Journalisten vor Ort braucht, um das zu schreiben. Man muss nicht vom Fach sein, um zu erkennen, dass dies die Moskauer Sicht auf die politische Lage in Berlin darstellt. Vermutlich wurden die Texte auch dort, in der sowjetischen Hauptstadt, und nicht von den beiden Korrespondenten in Berlin verfasst. Sie hätten vermutlich keine Waffenlager von Ultrarechten in Westberlin entdeckt, weil es die wahrscheinlich nicht gibt. Es handelt sich wohl doch nur um eine in der politischen Propaganda gängige Übertreibung, die allerdings das hierzulande übliche Maß deutlich überschreitet.

Nachdem ich mich, nicht nur aus Gründen der Höflichkeit, bei meiner Sekretärin für den Morgenkaffee bedankt habe, eile ich zum Inspektionsleiter. Oberst Adolf Huber wünscht eine Woche nach dem Sprengstoffanschlag einen Bericht von mir.

Ich habe die Fakten zusammengefasst, die unsere Aufgabe berühren. Das ist die Arbeit eines Buchhalters und nicht die eines Kriminalisten. Aber schließlich ermitteln wir im Fall von Sachbeschädigung zum Nachteil sozialistischen Eigentums – und jede

Scheibe und jeder herabgeflogene Ziegel ist Volkseigentum und muss dokumentiert werden –, wohl wissend, das vermutlich kein Täter in Regress genommen werden wird, weil er hinter der Mauer sitzt. Und ganz Westberlin in Haftung zu nehmen, geht auch nicht. Politisch vielleicht, aber dann nur die politisch Verantwortlichen. Aber wer genau ist das?

»Adolf«, sage ich, als ich bei meinem Vorgesetzten Platz genommen und meine Papiere vor mir ausgebreitet habe. »Adolf, wir haben es mal wieder mit der Quadratur des Kreises zu tun.«

Er nickt. Huber ist kein ideologisch vernagelter Einfaltspinsel, sondern ein guter Polizist und Leiter. Er weiß, wie die Uhren ticken und wo der Barthel den Most holt. »Schon klar«, sagt er und umrundet den Schreibtisch, hinter dem an der Wand das Konterfei von Erich Honecker hängt. Er nimmt mir gegenüber am Tisch Platz. »Erzähle.«

Ich hole tief Luft. Viel sei es nicht, beginne ich, um mich gleich selbst zu korrigieren. »Ich meine: Es gibt Hunderte von Einzelfällen, der Schaden ist immens, aber zur Sache selbst kann ich nichts beisteuern.«

Huber winkt ab. Natürlich, das muss ich ihm nicht sagen. Der Fall liegt auf anderen Schreibtischen, wir sind hier nur Zuarbeiter.

»Wir haben 721 kaputte Fenster auf unserer Seite gezählt und 19 Türen, die aus dem Rahmen gerissen wurden. Das betraf Wohnungen und Betriebsgebäude. Und Dach- und Wandflächen wurden auf etwa 165 Quadratmetern beschädigt. Hier ein paar Fotos.« Ich schiebe einige Aufnahmen über den Tisch. Hubert mustert sie aufmerksam.

»Wir sollten mal den Fotografen zur Qualifizierung schicken«, knurrt er. »Ich denke, in Aschersleben an der Polizeischule wird Fotografie unterrichtet. Und nun komm mir bitte nicht damit, dass wir die falschen Kameras und Objektive hätten und schlechte Filme von ORWO. Der Mann kann einfach nicht fotografieren. Hier«, er tippt auf ein Bild, »sollte wohl die herunterhängende Leuchte gezeigt werden. Was aber sehe ich? Eine offene Tür und einen Schreibtisch, die unwichtig sind. Und das hier«, er zieht ein anderes Motiv hervor, »ist nicht minder irreführend. Auf was kommt es hier an?«

»Auf die Glasscherben auf dem Boden, ich weiß.«

»Und warum lässt du dann die Stühle auf dem Schreibtisch fotografieren?«

»Das habe ich nicht veranlasst. Aber du hast natürlich, wie meistens, recht. Die Fotodokumente sind nicht besonders gut. Ich werde das mit meinen Leuten auswerten.«

Huber schiebt mir alle Bilder wieder zurück. »Vielleicht geht ihr noch mal in die Dunkelkammer und arbeitet mit Ausschnitten und Vergrößerungen, damit die Sache nicht ganz so dilettantisch wirkt. So darf ich oben nicht antanzen, da fliege ich achtkantig beim Chef raus.«

Blick in ein Büro mit Glassplittern auf dem Boden

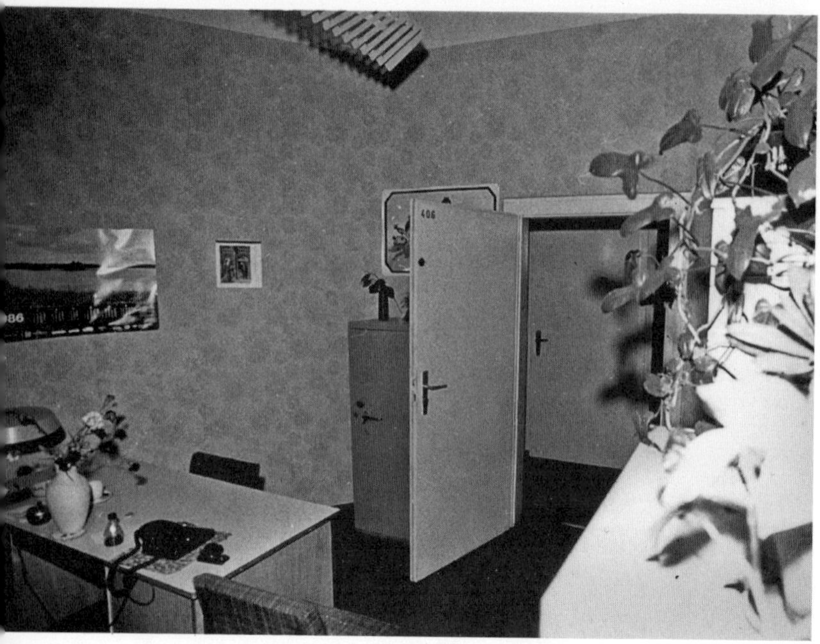

Auf die Lampe kommt es an – wie man sieht

Ich verstaue kleinlaut die Fotos in meiner Arbeitsmappe.

»Und, habt ihr den Schaden schon mal beziffern können?« Der Oberst reibt den Daumen auf seinem gekrümmten Zeigefinger.

»Wir haben ausgerechnet, was die Reparaturen kosten werden, also Ersatz der Fenster und Türen, das Flicken von Wänden und Dächern usw. Wenn ich die Material- und Arbeitskosten addiere, komme ich – halt dich jetzt fest – auf fast eine Million Mark.«

Huber pfeift vernehmlich durch die Zähne. »Nicht möglich.«

»Doch!«

»Keine ›politische‹ Zahl, sondern eine reale?«

Politische Zahl ist die Umschreibung für Schätzungen, mit denen Wirkung erzeugt werden soll. Zum Beispiel sind die Angaben über die Teilnehmer bei Demonstrationen wie zum 1. Mai oder in Friedrichsfelde im Januar oder bei Wahlen »politische Zahlen«. Sie liegen meist über den tatsächlichen, wie es auf der anderen Seite üblich ist, Massenproteste gegen die Regierungspolitik kleinzureden. Dort liegen die offiziellen Zahlen meist unter den tatsächlichen. Hier wie dort hat es Methode.

»Adolf, wir haben nicht großzügig, sondern mit dem spitzen Bleistift gerechnet. Wir sind wirklich knapp siebenstellig.«

»Weiß das schon jemand?«

»Nein, du bist der Erste, der das erfährt.«

»Mensch, damit lässt sich doch was anfangen! Das sollten wir nicht für uns behalten.« Der Oberst ist sichtlich fasziniert von unseren akribischen Ermittlungen.

»Nimmst du eine Wette an?«

»Welche?«

»Das diese Zahl im Schubfach bleibt und nirgendwo auf den Tisch kommt. Wir machen damit keine Politik, was ich, mit Verlaub, ziemlich ärgerlich finde. Wetten?«

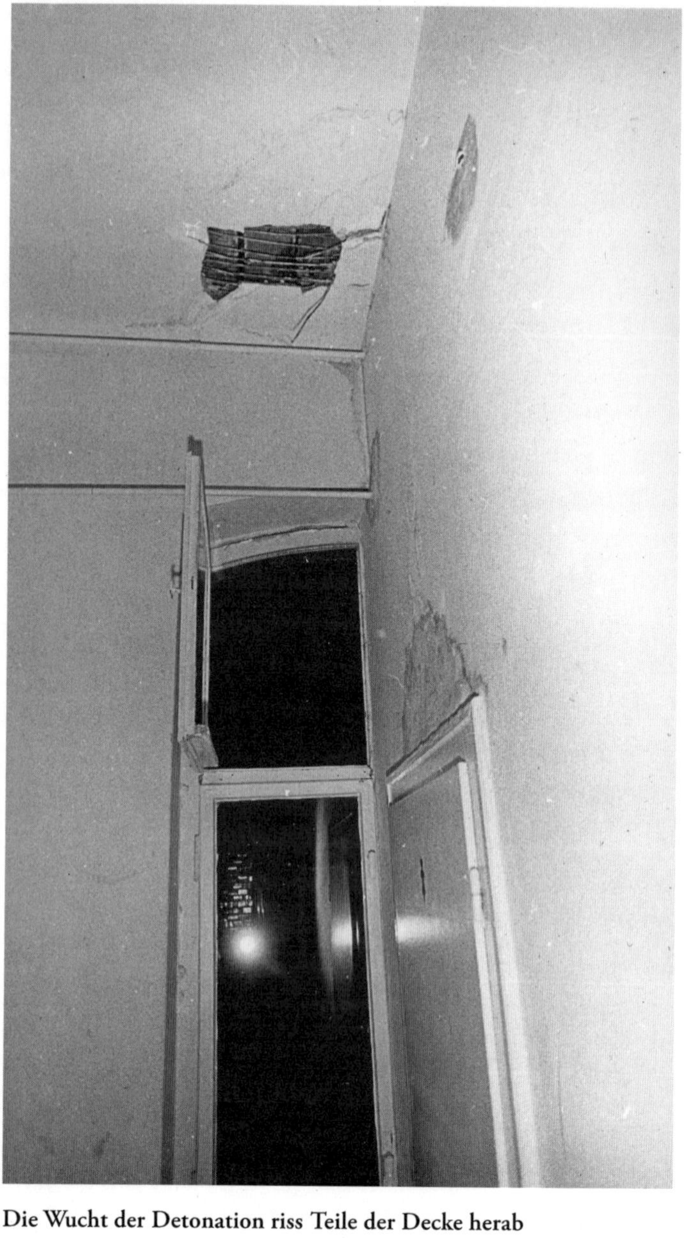

Die Wucht der Detonation riss Teile der Decke herab

Huber grient mich von unten an. »Du hast recht, diese Wette würde ich verlieren. Trotzdem: gute Arbeit. Sag das deinen Leuten. Und an den Fotos arbeiten wir noch ein wenig für den Abschlussbericht.«

Der 13. August verstreicht. Auf der Karl-Marx-Allee findet ein »Kampfappell« statt, Einheiten der Kampfgruppen paradieren gemeinsam mit Ehrenformationen der NVA, der Grenztruppen, Kasernierten Einheiten des MdI und des Wachregiments des MfS. »150 000 Berliner und Gäste der Hauptstadt bilden Spalier«, wird vermeldet. Auch das natürlich eine politische Zahl. Honecker ruft aus: »Der 13. August ebnete den Weg von der Konfrontation zur Entspannung.« Wo er recht hat, hat er recht. Die seriöse Geschichtsschreibung wird ihm später gewiss zustimmen.

Im Westen hält man in der Causa Bombenanschlag und Mauerbau-Jubiläum den Ball flach. Selbst der Regierende Bürgermeister hat Kreide gefressen. Eberhard Diepgen erklärt gegenüber dem ZDF-Länderspiegel, dass es darauf ankäme, »mehr in die Zukunft zu schauen. Also zu formulieren: Welches sind die Lehren aus den Ursachen und dem Bau der Mauer? Dabei war nicht alles hilfreich, was geschehen ist, beispielsweise die Krawalle, die übrigens völlig überbewertet wurden in der Berichterstattung durch unsere Medien. Ich will hier nicht Medienschelte betreiben, aber verantwortlich fragen, ob ein paar Betrunkene, die an der Mauer Unsinn anstellen, für weltpolitische Schlagzeilen sorgen sollten. Insgesamt war es ein Tag der Analyse und des Blicks in die Zukunft.«

Das war natürlich »Politikersprech«, verquast und verschwiemelt, nur angedeutet und nicht eindeutig positioniert, eines Advokaten würdig. Es handelte sich nicht nur um »ein paar Betrunkene, die an der Mauer Unsinn« angestellt hatten. Aber allein die Tatsache, dass der Regierende Bürgermeister die Vorgänge an der Grenze auf Westberliner Seite nicht nur ansprach, sondern sie auch nicht guthieß, interpretiere auch ich als moderate Selbstkritik.

Am Ende des Jahres 1986 bekomme ich den als »Vertrauliche Verschlusssache« deklarieren Bericht über die Anschläge auf die Staatsgrenze der DDR von Westberlin auf den Tisch. In den verflossenen zehn Jahren sind es – nach 1982 – die meisten innerhalb eines Jahres. Fast 8000 Mal wurden Zwischenfälle registriert, etwa 3000 mehr als im Vorjahr. Der gravierendste Vorfall trug sich an eben jenem 28. Juli zu, in dessen Ermittlungen ich eingebunden war.

Im Vergleich zu diesem Sprengstoffanschlag, der in den Westmedien noch weniger als in der DDR-Presse Erwähnung fand, waren die in dem geheimen Bericht aufgeführten etwa anderthalbtausend anderen Attacken relativ harmlos. Bierflaschen und Steine flogen über die Mauer, auf Grenzer wurde

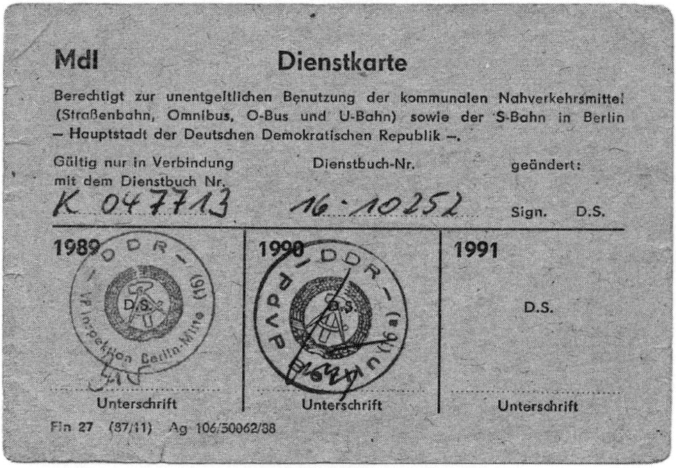
MdI Dienstkarte

Berechtigt zur unentgeltlichen Benutzung der kommunalen Nahverkehrsmittel (Straßenbahn, Omnibus, O-Bus und U-Bahn) sowie der S-Bahn in Berlin – Hauptstadt der Deutschen Demokratischen Republik –.

Gültig nur in Verbindung mit dem Dienstbuch Nr. K 047713 | Dienstbuch-Nr. 16·10252 | geändert: Sign. D.S.

1989	1990	1991
		D.S.
Unterschrift	Unterschrift	Unterschrift

Fin 27 (87/11) Ag 106/50062/88

Romahns Dienstkarte, ausgestellt im Herbst 1989

mit Leuchtraketen und Luftdruckwaffen geschossen. Dabei waren acht Soldaten leicht verletzt und zwei Dienstfahrzeuge beschädigt worden. Da diese Zwischenfälle sich nicht in Mitte zugetragen hatten, musste ich folglich auch nicht wegen Sachbeschädigung fruchtlos ermitteln.

138 Personen versuchten, über die Mauer zu steigen, das waren 124 mehr als im Vorjahr. 22 waren dabei erfolgreich gewesen.

Im Herbst 1989 bin ich auf einer Schulung. Inzwischen ist die Welt eine andere. Am 18. Oktober war Erich Honecker von all seinen Ämtern zurückgetreten. Und um den Druck aus dem Kessel zu nehmen und das schon lange überfällige Reiseproblem

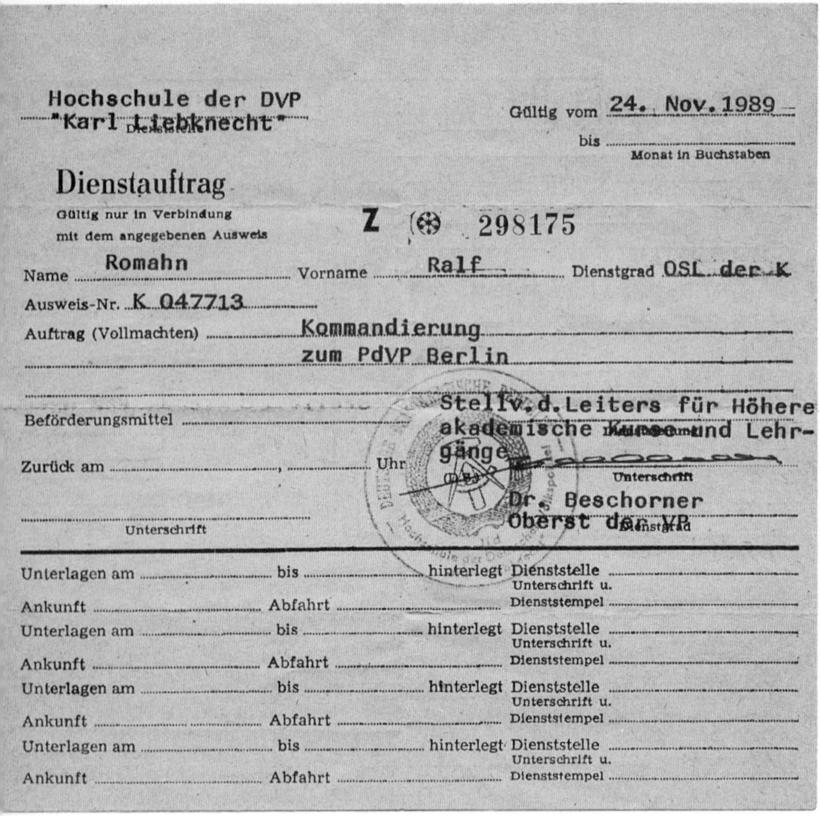

Hochschule der DVP
"Karl Liebknecht"
Dienststelle

Gültig vom 24. Nov. 1989
bis
Monat in Buchstaben

Dienstauftrag

Gültig nur in Verbindung mit dem angegebenen Ausweis

Z 298175

Name Romahn Vorname Ralf Dienstgrad OSL der K

Ausweis-Nr. K 047713

Auftrag (Vollmachten) Kommandierung zum PdVP Berlin

Beförderungsmittel

Stellv. d. Leiters für Höhere akademische Kurse und Lehrgänge
Dienststempel

Zurück am , Uhr

Unterschrift

Unterschrift

Dr. Beschorner
Oberst der VP
Dienstgrad

Unterlagen am bis hinterlegt Dienststelle
Ankunft Abfahrt Unterschrift u. Dienststempel
Unterlagen am bis hinterlegt Dienststelle
Ankunft Abfahrt Unterschrift u. Dienststempel
Unterlagen am bis hinterlegt Dienststelle
Ankunft Abfahrt Unterschrift u. Dienststempel
Unterlagen am bis hinterlegt Dienststelle
Ankunft Abfahrt Unterschrift u. Dienststempel

Vorzeitiges Ende des Einjahreslehrganges in Biesdorf; am 24. November 1989 wird Ralf Romahn in die Dienststelle zurückgeschickt

zu lösen, wird Anfang November der Entwurf eines Reisegesetzes in der Presse veröffentlicht. Noch am selben Tag muss er zurückgezogen werden, weil das Papier wütende Proteste hervorruft. Noch immer wird die Gewährung einer Reise ins Ausland, insbesondere ins westliche, an bestimmte Bedingungen und Voraussetzungen geknüpft. Die DDR-Bürger wollten einfach fahren, ohne sich vorher erklären oder jemanden fragen zu müssen.

Eine Frage hingegen bringt schließlich alles zum Einsturz. Politbüromitglied Günter Schabowski, der einen neuen Entwurf des Reisegesetzes der internationalen Presse in Berlin-Mitte präsentiert, wird gefragt, ab wann denn die neue Regelung gelte. Fahrig studiert er das Dokument und sagt »ab sofort, unverzüglich« und übersieht die Sperrfrist, mit der die Mitteilung belegt ist.

Der Rest ist Geschichte.

Die Sowjetunion und die drei anderen Siegermächte, die erst unlängst wieder ihre andauernde Verantwortung für Berlin unterstrichen haben, sind mit der ungeplanten Öffnung der Grenze so überfahren worden wie die Grenzer und alle Institutionen, die für die Einhaltung und Durchsetzung der DDR-Gesetze zu sorgen haben. Dazu gehört auch die Kriminalpolizei in Berlin-Mitte. 150 qualifizierte Fachleute, für die ich bis zum 31. August verantwortlich war. Seit dem 1. September bin ich nämlich an der Hochschule der Deutschen Volkspolizei in Berlin-Biesdorf. In einem einjährigen »Höheren Akademischen Kurs« (HAK) sollen ich und weitere neun Offiziere aus verschiedenen Bereichen auf eine Generalslaufbahn vorbereitet werden.

Am Tag nach der Grenzöffnung, einem Freitag, herrscht an der Schule die gleiche Ratlosigkeit wie in

7. Juni 1989: Tausende Jugendliche demonstrieren unangemeldet in der Großen Hamburger Straße nach dem Besuch der Sophienkirche. Sie tun dies am Mittwoch, Samstag und Sonntag, bis in den Herbst hinein. Bis zu 800 werden jedes Mal »zugeführt«, d. h. mit Bussen nach Rummelsburg gefahren. Vierter von rechts, untere Reihe, Rechtsanwalt Wolfgang Schnur, links neben ihm Ralf Romahn

allen Dienststellen der Volkspolizei. Alles gerät aus dem Tritt, die alte Ordnung gilt nicht mehr, es geht drunter und drüber. Drei Kursteilnehmer, die am Wochenende nach Hause fuhren – Kurzurlaub heißt das –, kehren nicht mehr aus Thüringen zurück. Sie sind in ihre Dienststellen zurückbeordert worden. An der Schule selbst herrscht Rebellion. Innerhalb kurzer Zeit finden zwei Vollversammlungen statt, an

Berlin-Mitte ist bei den Zusammenstößen mit der Volkspolizei ein Schwerpunkt – hier in der Großen Hamburger Straße

denen alle Lehrgänge teilnehmen. Unterschiedliche Meinungen prallen hart aufeinander, wie man es bis vor Kurzem kaum vermutet hätte. Dass die Partei noch nie ein monolithischer Block war, ist bekannt. Dass die Risse allerdings so tief gehen, überrascht. Mitte November beauftragt die Volkskammer Hans Modrow mit der Regierungsbildung, auch unser Ministerium bekommt einen neuen Chef. Friedrich

Dickel geht, sein bisheriger Stellvertreter Lothar Ahrendt übernimmt.

Am 22. November überschreite ich gemeinsam mit fünf weiteren Kursanten erstmals die Grenze nach Westberlin. Natürlich dort, wo ich vor geraumer Zeit wegen eines Bombenanschlages ermittelt hatte. Wir passieren den Übergang in der Friedrichstraße und reihen uns in die Warteschlange vor einer Bank in der Kochstraße ein. Es besteht kein Grund, das sogenannte Begrüßungsgeld in Höhe von 100 D-Mark auszuschlagen, der Stolz ist so endlich wie die Lebenszeit der DDR. Wir wissen, dass dieses Land nunmehr ökonomisch ausbluten wird, nachdem alle Schranken fielen. Die Mauer hielt uns am Leben. Uns bleibt nur, dafür zu sorgen, dass die DDR nicht in Chaos und vielleicht gar Bürgerkrieg versinkt.

Willi Hellmann, der Schulleiter, wird sich später an diese Tage erinnern: »Die Stimmung unter den VP-Angehörigen ist sehr gemischt. Sie reicht von unbedingter Bereitschaft für die DDR weiterhin pflichtbewusst den Dienst zu erfüllen bis zu Überlegungen, den Dienst zu quittieren, da sowieso bald alles vorbei sei. Unsere Schule wird in Hochschule des Ministeriums für Innere Angelegenheiten umbenannt, die Struktur geändert und das Politorgan abgeschafft. Die dienstlichen Anreden lauten jetzt Herr respektive Frau, nicht mehr Genosse und Genossin. Die militärischen Dienstgrade der Offiziere werden wieder zivil. Ich bin nicht mehr Generalleutnant, sondern Generalinspekteur. Aus dem Leiter wird ein Rektor, meine Stellvertreter werden Prorektoren und die Sektionen Institute. Außerdem setzen wir einige innerschulische Regelungen außer Kraft oder ändern sie. Einzelne Studenten beenden ihr Studium – hauptsächlich aus Sorge darüber, dass während ihrer Abwesenheit Veränderungen in den Heimatdienststellen dazu führen könnten, dass man sie vergisst.«

Generalinspekteur Hellmann unterbricht am 28. November den Lehrgang und stellt frei, ob man sich bei seiner Heimatdienststelle meldet oder bis Februar beim Druck von Reisepässen helfen möchte. Was ist das für ein Angebot? Ich melde mich, mit entsprechender Kommandierung, beim Leiter meiner VP-Inspektion in Mitte. Adolf Huber schickt mich gleich zur Präsidiumsführung. Dort erhalte ich Befehl, die Leitung der Arbeitsgruppe »Vorkomnisse 40. Jahrestag« zu übernehmen. Bekanntlich war es um den 7. Oktober herum zu Übergriffen, mitunter zu Gewaltexzessen in Berlin gekommen, die nun untersucht werden müssen. Die Arbeitsgruppe hat ihre Büros in Rummelsburg, ich solle am Montag, das ist der 27. November, dort bei Staatsanwältin Scholz anklopfen.

Die Gruppe vereint ein halbes Hundert Kriminalisten aus allen Stadtbezirken und neun zumeist junge Staatsanwälte. Soweit ich sehe, liegen aktuell

470 Anzeigen und Ermittlungsverfahren vor. Die Stimmung ist ziemlich schlecht. Ich spüre den Widerwillen vieler Kriminalisten, gegen die eigenen Kollegen zu ermitteln, und die Zurückhaltung der Staatsanwälte, Entscheidungen zu treffen. Die Angst vor der ungewissen Zukunft lähmt, die Sorge vor Konsequenzen bei Fehlentscheidungen nicht minder. Und nachdem sich Anfang Dezember der Zentrale Runde Tisch etabliert hat, wächst noch der Erwartungsdruck. In diesem Gremium sind nicht nur die etablierten politischen Parteien vertreten, sondern auch Bewegungen und Gruppierungen der Opposition. Vor allem sie drängen auf schonungslose Untersuchung nicht nur der Vorgänge in Berlin um den 7. Oktober, sondern besonders auf die juristische Verfolgung der einstigen DDR-Führung. Am 5. Dezember 1989 war auch gegen Erich Honecker ein Ermittlungsverfahren eingeleitet worden. Er sei »verdächtig, seine Funktion als Vorsitzender des Staatsrates und des Nationalen Verteidigungsrates der DDR und seine angemaßte politische und ökonomische Macht als Generalsekretär des ZK der SED missbraucht« und »seine Verfügungsbefugnisse als Generalsekretär des ZK der SED zum Vermögensvorteil für sich und andere missbraucht zu haben«.

Die Vorhaltung bewegt sich auf ziemlich dünnem Eis, das wissen alle Beteiligten. Die Überlegung, Honecker zu verhaften und damit ein Zeichen zu setzen – und sei es nur das juristischer Aktivität –

lässt sich nicht realisieren. Bei Honecker ist ein Nierentumor festgestellt worden, der am 10. Januar 1990 in der Charité operativ entfernt wird.

Ich habe seit Übernahme der Leitung der Arbeitsgruppe als Kriminaloberrat von den 470 Ermittlungsverfahren 364 abgeschlossen, als mich der Befehl erreicht, mich auf das Ermittlungsverfahren gegen Erich Honecker vorzubereiten. Am 26. Januar soll ich mich um 9 Uhr in der Dienststelle des Amtes für Nationale Sicherheit, das aus dem MfS hervorgegangen ist, in der Freienwalder Straße einfinden, um die Unterlagen zu übernehmen. Das Untersuchungsorgan des vormaligen Ministeriums für Staatssicherheit hatte in den zurückliegenden Wochen bereits gegen mehrere Politbüromitglieder, darunter auch der eigene Minister, ermittelt und belastendes Material zusammengetragen.

Zum genannten Zeitpunkt finde ich mich in der Freienwalder Straße ein.

Ein mir unbekannter Mann führt mich zu einem Stahlschrank, öffnet ihn und weist wortlos auf mehrere Aktenstapel. Dann geht er. Kein Übergabeprotokoll, keine Erklärung, nichts. Die Geste hat etwas von der Pose der Verachtung, die dem sächsischen König bei dessen Abdankung während der Novemberrevolution 1918 nachgesagt wurde: »Nu, da machd doch eiern Drägg alleene.«

Ich lade die Akten in mein Auto und kehre nach Rummelsburg zurück, um sie dort zu studieren. Die

Untersuchungsschwerpunkte

~~Untersuchungsschwerpunkte Fond~~ 3x Berlin, 14.12.89

~~Maßnahmeplan im EV~~

im Ermittlungsverfahren gegen Honecker, Erich
(fortlaufend zu vervollständigen)

Ausgehend von den Ausgangsmaterialien und den der Einleitung des Ermittlungsverfahrens zugrunde liegenden und in der Akte enthaltenen Materialien ergeben sich zum gegenwärtigen Zeitpunkt folgende Schwerpunkte:

1. Entscheidungen (als Generalsekretär bzw. 1. Sekretär des Politbüros des ZK der SED oder in der Eigenschaft als Staatsratsvorsitzender) als Einzelperson oder Kollektiv, die sich auf die Verwendung finanzieller ~~Fonds~~ (DDR-Mark, Valutabeträge) oder materieller Fonds aus VE zur persönlichen Aneignung oder Nutzung bezielen und rechtswidrig waren, da sie gegen Verfassung, Gesetz über den Ministerrat u.a. gesetzliche Bestimmungen zum Umgang und Schutz sozialistischen Eigentums verstießen

Dabei Herausarbeitung solcher Fragen, wie

– ~~Verantwortung~~ Übertragung entsprechender grundsätzlicher Aufgaben zur Bereitstellung von Mitteln durch das MfS und entsprechender Aufträge an Minister Mielke (welche Befugnisse ~~hatte~~ konnte Mielke daraufhin wahrnehmen)

– Welche Rechte räumte Honecker den Mitgliedern u. Kandidaten des Politbüros u.a. Personen

Berlin, 14. 12. 1989

Untersuchungsschwerpunkte
im Ermittlungsverfahren gegen Honecker, Erich (fortlaufend zu vervollständigen)

Ausgehend von den Ausgangsmaterialien und den der Einleitung des Ermittlungsverfahrens zugrunde liegenden und in der Akte enthaltenen Materialien ergeben sich zum gegenwärtigen Zeitpunkt folgende Schwerpunkte:

1. Entscheidungen (als Genralsekretär bzw. 1. Sekretär des Politbüros des ZK der SED oder in der Eiggnschaft als Staatsratsvorsitzender) als Einzelperson oder Kollektiv, die sich auf die Verwendung finanzieller (DDR-Mark, Valutabeträge) oder materieller Fonds aus VE zur persönlichen Aneignung oder Nutzung beziehen und rechtswidrig waren, da sie gegen Verfassung, Gesetz über den Ministerrat u. a. gesetzliche Bestimmungen zum Umgang und Schutz sozialistischen Eigentums verstießen
   Dabei Herausarbeitung solcher Fragen, wie
   - Übertragung entsprechender grundsätzlicher Aufgaben zur Bereitstellung von Mitteln durch das MfS und entsprechender Aufträge an Minister Mielke (welche Befugnisse konnte Mielke daraufhin wahrnehmen)
   - Welche Rechte räumte Honecker den Mitgliedern u. Kandidaten des Politbüros u. a. Personen bezüglich Auslösung von Aufträgen zur Erlangung von Mitteln aus dem sozialistischen Eigentum einschließlich Valutamittel ein?
   - in diesem Zusammenhang liegt die "Direktive des Politbüros für die Ordnung in der Waldsiedlung vom 12. 1. 1972, unterzeichnet von E. Honecker, als Kopie vor
   - dazu müßte insbesondere Mielke Aussagen machen
   - Prüfung der generellen Rechte- und Pflichtenlage bei Honecker (insbesondere aus Verfassung)

Im Dezember 1989 laufen die Vorbereitungen auf die Ermittlungsverfahren gegen Erich Honecker an; diese Dokumente befanden sich in den Ralf Romahn übergebenen Unterlagen

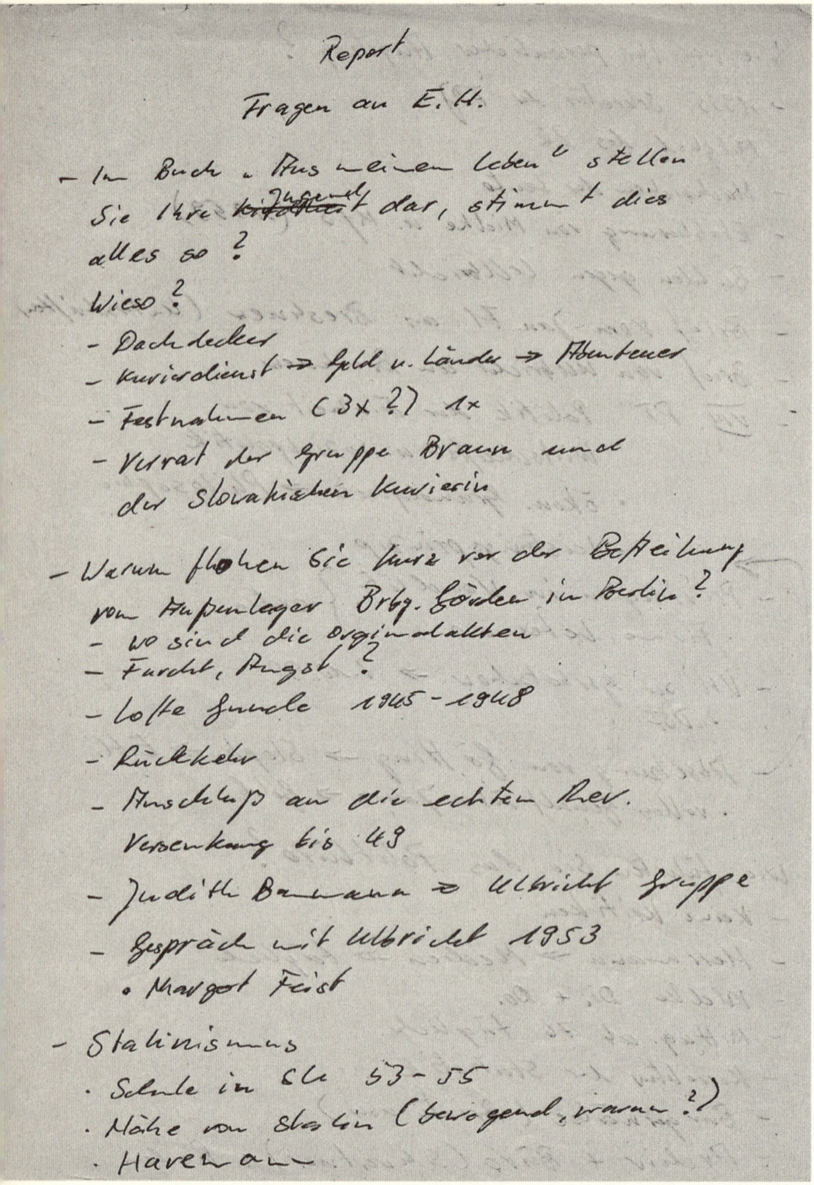
Report

Fragen an E. H.

- Im Buch „Aus meinem Leben" stellen Sie Ihre ~~Kindheit~~ Jugend dar, stimmt dies alles so?

Wieso?
- Dachdecker
- Kurierdienst → Geld u. Länder → Abenteuer
- Festnahmen (3x ?) 1x
- Verrat der Gruppe Braun und der slowakischen Kurierin

- Warum flohen Sie kurz vor der Befreiung vom Außenlager Brbg.-Görden in Berlin?
- wo sind die Originalakten
- Furcht, Angst?
- Lotte Grund 1945 – 1948
- Rückkehr
- Anschluß an die echten Rev.
Versenkung bis 49
- Judith Baumann → Ulbricht Gruppe
- Gespräch mit Ulbricht 1953
• Margot Feist

- Stalinismus
· Schule in SU 53 – 55
· Nähe von Stalin (bewegend, warum?)
· Havemann

Romahns Vorbereitungen auf die Vernehmung von Erich Honecker mir dafür zugestandene Zeit ist allerdings knapp bemessen. Der Stellvertretende Generalstaatsanwalt Prof. Lothar Reuter hat mir mitgeteilt, dass ich am 29. Januar Erich Honecker vernehmen soll. Der Vorwurf lautet nunmehr auf Hochverrat, Vertrauensmissbrauch und Untreue zum Nachteil sozialistischen Eigentums. Reuter hat bis vor Kurzem noch Jurastudenten an der Universität Jena im Strafrecht unterrichtet, seit zwei Wochen ist er »Leiter der Untersuchung zur Aufklärung von Straftaten der ehemaligen Staats- und Parteiführung«.

Ich soll Beweise dafür beibringen, dass Erich Honecker »planmäßig und systematisch die Verfassungsordnung der DDR als grundlegendem Bestandteil der Staatsordnung untergraben (hat), insbesondere durch systematische Verletzung der durch die Verfassung garantierten grundlegenden Menschenrechte, z. B. Häftlingsfreikäufe, für die die DDR 1989 auf das nur dem Beschuldigten zugängliche Konto 0628 bei der Deutschen Handelsbank ca. 75 Millionen DM überwies«. Er soll verantwortlich sein für die »systematische Vergeudung von erheblichen finanziellen und materiellen Mitteln und Ressourcen des Staates einschließlich von Valutamitteln zum Zwecke einer staatlich organisierten und abgesicherten Privilegierung von Angehörigen der ehemaligen Partei- und Staatsführung im Zusammenhang mit der Versorgung der Waldsiedlung Wandlitz, durch den Bau und die Nutzung von Frei-

Nach seiner Operation in der Berliner Charité wird am Morgen des 29. Januar 1990 Erich Honecker verhaftet und zur Vernehmung nach Rummelsburg zu Ralf Romahn gebracht

zeitobjekten unter ungerechtfertigten Bedingungen sowie durch eine personengebundene Vergeudung von Valutamitteln«.

Was daran ist, wenn es zutrifft, »Hochverrat«?

Im Strafrecht der DDR zählt zu den schwersten Staatsverbrechen, was »unmittelbar auf die Beseitigung der sozialistischen Staats- und Gesellschaftsordnung« zielt, zum Beispiel konterrevolutionäre Aktionen. Zugegeben, die von Honecker verantwortete Politik muss kritisiert und untersucht werden, und dass er gefehlt hat, steht außer Frage. Aber Hochverrat und Konterrevolution?

Ich finde mich 6.30 Uhr in Rummelsburg ein.

Um 8 Uhr wird der 77-jährige Erich Honecker, bleich und von Krankheit gezeichnet, vorgeführt. Er kommt direkt aus der Charité, wo er in seinem Krankenzimmer verhaftet worden ist. Wegen Fluchtgefahr. Es sei »mit hoher Wahrscheinlichkeit zu erwarten, dass der Beschuldigte nach Entlassung aus dem Krankenhaus den Zeitraum bis zum Erlass eines Haftbefehls nutzen wird, sich der Untersuchungshaft zu entziehen«, begründet der Generalstaatsanwalt diesen Schritt.

Ich erhebe mich, als Honecker, ein Schatten seiner Selbst, den Vernehmungsraum betritt. Er erwidert meinen Gruß, ich reiche ihm die Hand und nenne meinen Namen. Er nimmt Platz, ich belehre ihn über seine Rechte als Beschuldigter.

Dann beginne ich mit der Befragung.